Carl Fliedner

Syllogismus und induction

Antigonos

Carl Fliedner

Syllogismus und induction

Unveränderter Nachdruck der Originalausgabe von 1875.

1. Auflage 2024 | ISBN: 978-3-38634-555-2

Antigonos Verlag ist ein Imprint der Outlook Verlagsgesellschaft mbH.

Verlag: Outlook Verlag GmbH, Zeilweg 44, 60439 Frankfurt, Deutschland, info@outlook-verlag.de
Vertretungsberechtigt: E. Roepke, Zeilweg 44, 60439 Frankfurt, Deutschland
Druck: Libri Plureos GmbH, Friedensallee 273, 22763 Hamburg, Deutschland

Syllogismus und Induction

von

Dr. Carl Fliedner.

Frankfurt a. M.

Druck von Mahlau & Waldschmidt.

1875.

Syllogismus und Induction

von

Dr. **Carl Fliedner.**

Die exacten Wissenschaften werden mit jedem Tage größer; die Thatsachen, welche sie entdecken und erklären, täglich wunderbarer; aber eben damit tritt eine neue Thatsache auf, noch größer und wunderbarer, als alles, was uns die einzelnen Wissenschaften erzählen können: das ist die Thatsache der Wissenschaft selbst. Daß die Sonne 1½ Millionen mal größer ist als die Erde, daß das Licht 42,000 deutsche Meilen in einer Secunde durchläuft, so daß es nur 8 Minuten braucht, um von der 20 Millionen Meilen entfernten Sonne zu uns zu gelangen; daß es aber trotz dieser Schnelligkeit Tausende von Jahren bedurfte, um von einigen Fixsternen zu uns zu kommen, ist nicht wunderbarer, als daß der Mensch dieses ausrechnen und außer jeden Zweifel stellen kann.

Die einzelnen Thatsachen werden von den einzelnen Wissenschaften erklärt; aber die Thatsache der Wissenschaft selbst verlangt auch eine Erklärung. Mit stolzer Sicherheit erklärt die Mathematik, das Ideal aller andern Wissenschaften, die Verhältnisse von Raum und Zeit; aber was gibt die stolze Sicherheit, welche eine Wissenschaft zum Ideal der andern macht? Warum haben nicht alle Wissenschaften dieselbe Sicherheit wie die Mathematik, oder warum theilt diese nicht die Unsicherheit der andern? Die Erklärung für dieses Factum schien gefunden in der Kraft der logischen Form. Sicher waren die Wissenschaften, soweit der Syllogismus angewendet werden konnte. Die große Entdeckung des Aristoteles, daß zwei Sätze unter gewissen, genau bestimmten Bedingungen mit Nothwendigkeit einen dritten von ihnen verschiedenen erzeugen, daß sie, wie Schopenhauer schön sagt, Vater und Mutter eines Kindes werden, das von Beiden etwas an sich hat, schien alles zu erklären. Das Alterthum und das ganze Mittelalter waren mit dieser Erklärung zufrieden gewesen. Da kam die neuere Zeit und mit ihr der Zweifel, nicht nur der Zweifel an dem Dogma der Kirche, sondern auch der Zweifel an dem Dogma der Wissenschaft. Wenn ein Satz aus andern mit Nothwendigkeit hervorgehen soll, so muß er darin enthalten gewesen sein; wenn er darin enthalten war, wie kann er neu sein? Wie kann also der Syllogismus Neues lehren und wie kann die Wissenschaft bei einem Mittel bestehen, das nichts Neues lehren kann?

Wir wollen die Hauptangriffe von Baco bis auf die neueste Zeit kennen lernen, wollen dann sehen, was man sich von einem andern Mittel der Wissenschaft, welches man dem Syllogismus gegenüber stellte, für glänzende Versprechungen machte, hierauf prüfen, ob diese Versprechungen in Erfüllung gegangen sind, und, wenn es sich zeigen sollte, daß dies nicht der Fall ist, daß das neue Mittel das alte nur ergänzt aber nicht ersetzt, zum Schluß die Frage zu beantworten suchen, was, wenn es die Methoden nicht sind, der wahre innere Grund der großen Verschiedenheit ist, die zwischen dem wissenschaftlichen Leben des griechischen und römischen Alterthums und des Mittelalters einerseits und dem wissenschaftlichen Leben der neueren Zeit andrerseits unzweifelhaft besteht.

Die Angriffe Baco's auf den Syllogismus sind so bekannt, daß ich mich mit dem Citiren der wichtigsten Stelle begnüge.

„In der gewöhnlichen Logik wird alle Kraft auf den Syllogismus verwendet und an die inductive Methode hat man kaum gedacht; mit wenig Worten wird sie da bei Seite geschoben und man eilt zu den Formeln des Disputirens. Ich aber verwerfe die Beweisführung durch den Syllogismus; denn er verwirrt und läßt die Natur aus den Händen entschwinden. Wenn es aber unzweifelhaft ist, daß, wo Zwei mit einem Mittleren übereinstimmen, sie auch unter sich stimmen (was ja zum Theil die mathematische Gewißheit bildet), so steckt doch in dem Syllogismus insoweit ein Betrug, als er aus Sätzen und die Sätze aus Worten bestehen, die Worte aber nur die Marken und Zeichen der Begriffe sind. Hat deshalb die Seele diese Begriffe (welche gleichsam die Seele der Worte sind und die Grundlage des ganzen Baues und Werkes abgeben) schlecht und übereilt von den Dingen entlehnt, schwankend und nicht genau umschrieben und bestimmt, sondern in vieler Hinsicht mangelhaft gebildet, so bricht alles zusammen. Deshalb verwerfe ich den Syllogismus, und nicht blos in Bezug auf die Principien, wofür er auch dort nicht benutzt wird, sondern auch für jene Mittelsätze, die zwar jeder Syllogismus herausfördert und erzeugt, aber die unfruchtbar und unpractisch und für den thätigen Theil der Wissenschaften ohne Werth sind. Ich überlasse deshalb dem Syllogismus und den übrigen berühmten und vielgeübten Beweisführungen dieser Art die Herrschaft über die landläufigen, in der Meinung sich bewegenden Künste, mit denen ich nichts zu thun habe, und ich werde für die Natur der Dinge mich der Induction überall, sowohl zu den niederen wie zu den höheren Aufgaben bedienen. Induction nenne ich aber das Beweisverfahren, welches die sinnliche Wahrnehmung festhält, auf die Sache eindringt und den Werken nahe steht und beinahe daran Theil nimmt."

Den Eifer, mit welchem Baco hier den Syllogismus bekämpft, findet sein neuester Uebersetzer und Erklärer, von Kirchmann, durchaus berechtigt. Zwar glaubt er, daß Baco den Kern der Sache dabei nicht bloßgelegt habe, und gibt eine andere Erklärung von der vermeintlichen Werthlosigkeit des Syllogismus, die wir später kennen lernen wollen, aber in der Verurtheilung stimmt er mit Baco überein, ja er übertrifft ihn noch darin; denn die Anmerkung zu dieser Stelle schließt er mit den Worten: „Der Syllogismus ist nur ein Spielwerk für große Kinder."

Auf Baco folgt Locke, und die Heftigkeit des Angriffs steigt noch. Denn Locke schreibt:

„Wenn Syllogismen für das einzige Werkzeug der Vernunft und Mittel der Erkenntniß gehalten werden müssen, so folgt, daß es vor Aristoteles Niemand gab, der durch Schließen etwas wußte oder wissen konnte, und daß es auch seit der Erfindung des Syllogismus nicht Einen auf zehntausend gibt. Aber Gott ist nicht so sparsam gegen die Menschen gewesen, sie blos zu zweibeinigen Geschöpfen zu machen, und überließ es nicht dem Aristoteles, sie auch vernünftig zu machen, d. h. die Wenigen von ihnen, welche er so weit bringen könnte, die Grundlagen des Syllogismus tief genug zu prüfen, um einzusehen, daß unter mehr als 60 Arten, in denen 3 Sätze zusammengestellt werden können, nur 14 sind, in welchen man sicher sein kann, daß der Schluß richtig ist ꝛc.

Gott ist gütiger gegen die Menschen gewesen. Er hat ihnen einen Geist gegeben, welcher schließen kann, ohne erst in syllogistischen Methoden unterrichtet worden zu sein."*)

Mit Recht hat Erzbischof Whately dagegen bemerkt: „Alles dieses ist nicht weniger absurd, als wie wenn Jemand, dem man von den Entdeckungen neuerer Chemiker über Wärme erzählte und den Proceß beschriebe, durch welchen diese aus einem Kessel in das Wasser geleitet wird, das sie in Gas von hinreichender Spannkraft verwandelt, um den Druck der Atmosphäre zu überwinden, zur Antwort

---

*) Locke: On Reason.

gäbe: wenn das wäre, so würde folgen, daß vor der Zeit dieser Chemiker nie jemand eine Flüssigkeit zum Kochen bringen konnte."

Um zu zeigen, daß solche Ansichten nicht auf England beschränkt geblieben sind, führe ich einige Stellen aus einem neueren französischen Schriftsteller an.

Der Graf Destutt de Tracy *) stellt der Logik die Aufgabe, den Geist zu lehren, wahre Kenntnisse zu erlangen. Das hätten die Logiker, auch die größten, nicht geleistet, da sie stets die Kunst der Logik mit der Wissenschaft der Logik verwechselt hätten; die Wissenschaft der Logik sei erst noch zu schaffen. (S. 13.) Was nun speciell die Logik des Aristoteles angehe (S. 19), so sei dieselbe als erster Versuch recht schätzenswerth, aber durchaus unglücklich.

S. 123. „Aristoteles hat sich durch eine sehr scheinbare, aber sehr falsche Meinung verführen lassen. Weil er sah, daß die allgemeinen Ideen die einzelnen Ideen in ihrem Umfang einschließen, so glaubte er, sie seien der Anfang aller unserer Kenntnisse, die Quelle jeder Wahrheit und jeder Gewißheit und der Punkt, von dem wir immer in allen Fällen ausgehen müßten."

S. 128. „Aristoteles hat die Reihenfolge unserer Ideen geradezu herumgedreht, und das hat traurige Folgen nach sich gezogen. Zuerst hat der ganzen Logik die Basis gefehlt. Denn wenn man glaubt, es könne kein Satz anders bewiesen werden als durch einen noch allgemeineren, so folgt, daß die allerallgemeinsten nothwendig ohne Beweise sind. Das hat man auch behauptet. Man hat gesagt, die Axiome seien unmöglich zu beweisen, sie seien an und für sich evident, man brauche darüber nicht zu streiten, und die logische Kunst bestehe einfach darin, folgerichtige Consequenzen zu ziehen. Aber zunächst ist man sehr in Verlegenheit gewesen, die Zahl dieser Axiome zu bestimmen und zu entscheiden, ob dieser oder jener Satz als Axiom betrachtet werden müsse oder nicht. — Dann, wenn auch über diesen Punkt kein Streit gewesen wäre und man sich vollkommen über die Frage, was ein Axiom sei, geeinigt hätte, so wäre nichtsdestoweniger gefolgt, daß, da diese ersten Principien eingestandenermaßen weder bewiesen noch beweisbar sind, Alles, was aus ihnen folgt, ohne Grundlage, alle unsere Kenntnisse ohne Stütze bleiben, und man weiß nicht mehr in Allem, was wir erkennen, wo Wahrheit oder Gewißheit zu finden ist; man hat keine Vertheidigung gegen die Skeptiker; man kann sich ihnen gegenüber nur noch auf das berufen, was man die Vernunft und den gesunden Menschenverstand nennt, unbestimmte Worte, über welche man ohne Ende und ohne Resultat streitet. So kann es bei dieser Annahme nicht einmal eine Wissenschaft der Logik geben."

Ein mechanischer Satz sagt: Kein Ganzes ist stärker als sein schwächster Punkt. Darnach hätte der Graf Destutt de Tracy schließen dürfen, daß keine Wissenschaft sicherer sei als die Axiome, auf denen sie basirt. Aber das wird allgemein zugegeben. Daß die Zahl der Axiome nicht feststeht, daß unser Wissen sich nicht nur erweitert, sondern auch vertieft, daß selbst die Mathematik sich zu einfacheren Grundanschauungen durchringt, wie die Fundamentalsätze der reinen Mechanik beweisen, macht nicht, daß die Wissenschaft in der Luft schwebt, so daß man den Skeptikern gegenüber sich blos noch auf den gesunden Menschenverstand berufen könne, und es ist nicht einzusehen, warum bei solcher Annahme die Wissenschaft der Logik unmöglich sein soll.

S. 131. „Der geistige Vorgang besteht in Wirklichkeit nur darin, in einer Wahrheit das, was sie einschließt, zu fühlen (sentir). Jede deductive Wahrheit ist nur deshalb wahr, weil sie implicite in einer ersten Thatsache eingeschlossen ist, wo es nur darauf ankommt, sie zu bemerken.

---

*) Logique par M. le comte Destutt de Tracy, Pair de France, Membre de l'Institut de France. Paris 1825.

Der Ausdruck sentir erinnert an Condillac, unter dessen Einfluß unser Schriftsteller unverkennbar steht. Warum das, was hier als so einfach geschildert wird, doch Tausenden nicht gelingt, wird nicht gesagt. Nach einem zusammenfassenden, verwerfenden Urtheil über den griechischen Philosophen:

„Auf dieser falschen Bahn hat Aristoteles die Wissenschaft der Logik nothwendig verkannt und nur eine vollkommen nutzlose und wesentlich mangelhafte Kunst schaffen können."

folgt dann das Lob Baco's:

„Baco ist gekommen, er hat erklärt, daß man gerade die Wahrheit der allgemeinen Principien prüfen muß, daß sie bewiesen werden kann und bewiesen werden muß, daß sie auf den einzelnen Thatsachen ruht ꝛc."

Allein auch dieser genügt nicht.

S. 132. „Er kannte nicht hinlänglich das, was ich die Wissenschaft der Logik nenne, um mit Erfolg auf die Einzelheiten der Kunst der Logik einzugehen, sowohl derjenigen, welche er schaffen wollte, als derjenigen, deren Fehler und schlimme Wirkungen er fühlte (sentait). Er war nicht im Stande, zu zeigen, worin der Beweis besteht, und daß, wenn er in einer Schlußkette vorkommt, dies nicht kraft des Syllogismus der Fall ist. Auch hat er nie die syllogistische Kunst an und für sich angegriffen. Er hat nie zu sagen gewagt, daß sie in ihrem Princip falsch wäre."

Er genügt nicht, und warum nicht? Weil er den Syllogismus nicht kräftig genug angegriffen hat. Er ist nicht weit genug gegangen; er mußte die syllogistische Lehre vollständig vernichten (anéantir).

Derjenige Schriftsteller, dessen Angriffe auf den Syllogismus am bekanntesten geworden sind, ist unstreitig Mill. Sein Werk über deductive und inductive Logik ist trotz seines großen Umfangs in 8 Auflagen erschienen, ein Erfolg, dessen sich wohl kein anderes Werk über Logik rühmen könnte. In Deutschland wurde es durch Liebig berühmt, welcher in seiner organischen Chemie sagt: „In einem neu hinzugekommenen Abschnitte hat er (Liebig) den Versuch gemacht, das gegenseitige Verhältniß der Chemie und Physik zur Physiologie und Pathologie näher zu erörtern. Derselbe kann hierbei nicht verschweigen, wie groß der Nutzen gewesen ist, den ihm für diesen Zweck das Studium von John Stuart Mill's A System of Logic, ratiocinative and inductive, being a connected view of the principles of evidence and the methods of scientific investigation gewährt hat, ja er glaubt, daß ihm kein anderes Verdienst hierbei zukommt, als daß er einzelne von diesem eminenten Philosophen aufgestellte Grundsätze der Naturforschung weiter ausgeführt und auf einige specielle Vorgänge angewandt hat."

Mill's Angriffe auf den Syllogismus, mit denen wir es hier zunächst allein zu thun haben, füllen mehrere Capitel, lassen sich aber in zwei Hauptpunkte zusammenfassen: das Fundament, auf dem derselbe nach der gewöhnlichen Ansicht ruhe, gehöre einer veralteten Metaphysik an, und er selbst sei nicht die gewöhnliche Form unseres Schließens.

Ueber den ersten Punkt sagt Mill:

„So lange die sogenannten allgemeinen Dinge als eine besondere Art von Substanzen betrachtet wurden, die eine objective Existenz besitzen, hatte das dictum de omni et nullo eine wichtige Bedeutung. Daß man Alles, was von den allgemeinen Dingen ausgesagt werden kann, auch von den in ihnen enthaltenen verschiedenen individuellen Dingen aussagen kann, war damals kein identisches Urtheil, sondern die Angabe eines fundamentalen Gesetzes des Universums. Die Behauptung, daß die Eigenschaften des Menschen die Eigenschaften aller Menschen seien, war ein Satz, der eine wirkliche

Bedeutung hatte, als der Mensch nicht alle Menschen bedeutete, sondern etwas den Menschen Inhärentes, an Würde weit über ihnen Stehendes. Gegenwärtig aber, wo es bekannt ist, daß eine Classe, ein allgemeines Ding, ein Genus oder eine Species keine Entität per se ist, sondern nichts mehr und nichts weniger, als die in die Classe eingeordneten individuellen Substanzen selbst, und daß an der Sache nichts Reales ist als diese Gegenstände selbst, ein ihnen gemeinsam gegebener Name und die durch diesen Namen bezeichneten gemeinsamen Attribute, gegenwärtig also möchte ich gern wissen, was wir dadurch lernen, daß man uns sagt, daß, was von einer Classe affirmirt werden kann, auch von jedem in der Classe enthaltenen Individuum affirmirt werden kann? Die Classe ist nichts als die in ihr enthaltenen Gegenstände, und das dictum de omni et nullo ist nichts als das identische Urtheil, daß, was von gewissen Gegenständen wahr ist, auch von jedem dieser Gegenstände wahr ist. Wenn alles syllogistische Schließen nichts als die Anwendung dieses Grundsatzes auf besondere Fälle wäre, so wäre der Syllogismus in der That das, wofür er so oft erklärt worden ist, eine bloße Spielerei.“

Die Scholastiker haben allerdings, freilich auch sie nicht alle, von dem Allgemeinen so gedacht, wie Mill es hier angibt; daß aber der Vater der syllogistischen Lehre, Aristoteles selbst, anders gedacht hat, mögen einige Stellen aus seinem Organon zeigen.

„Das Allgemeine besteht nicht außer dem Einzelnen. Der Beweis aber erregt die Meinung, als gäbe es ein solches für sich bestehendes Allgemeine in Bezug auf das Bewiesene, wie z. B. als gäbe es eine für sich bestehende Wesenheit des Dreiecks außer den einzelnen Dreiecken und der Figur außer den einzelnen Figuren und der Zahl außer den einzelnen Zahlen.“

„Es ist nicht nothwendig anzunehmen, daß das Allgemeine darum Etwas außer dem Einzelnen sei, weil es Eins bedeutet, eben so wenig, als in den anderen Categorien, welche nicht die Substanz enthalten, bies der Fall ist, als bei der Qualität oder Relation oder bei dem Thun. Nimmt man aber dennoch das Bestehen eines solchen Allgemeinen außer den einzelnen Dingen an, so ist nicht der Beweis davon die Ursache, sondern der mißverstehende Zuhörer.“

Konnte Aristoteles sich deutlicher ausdrücken? Er sagt kurz und bestimmt: das Allgemeine besteht nicht außer dem Einzelnen. Dann zeigt er, wodurch jene falsche Ansicht entstehen könne und warnt, sich dadurch irre führen zu lassen.

Eben weil das Allgemeine nur im Einzelnen existirt, kann es auch nicht ohne dieses erkannt werden; deshalb räumt derselbe Aristoteles, welcher jenes dictum aufstellte, der Empirie und der Induction ihr Recht ein.

Auch die ganze ausführliche Polemik gegen die Platonische Ideenlehre (Metaph. I. 9; XIII und XIV) zeigt, daß Aristoteles nicht der Vertreter jener Metaphysik ist, welche das Mittelalter beherrschte. Er kehrt über Plato zu Sokrates zurück, welcher durch seine Bemühung um Begriffsbestimmungen den Anlaß zur Entstehung der Ideenlehre gab, aber selbst das Allgemeine von dem Einzelwesen nicht sonderte.

Er ist trotz so vieler und deutlicher Erklärungen mißverstanden worden. Die Scholastik hat sich auf ihn berufen, und der ausgedehnte Gebrauch, welchen sie vom Syllogismus machte, ließ eine Ideenassociation entstehen, die so eng wurde, daß es heute noch Denkern wie Mill unmöglich wird, zwischen Syllogismus und Ueberschätzung des Allgemeinen zu unterscheiden.

Doch worauf das Schließen vom Allgemeinen aufs Besondere auch ruhen mag, ist es der Typus unseres Schließens, ist es ein Folgern oder nicht, ein Fortschreiten vom Bekannten zum Unbekannten, ein Mittel zur vorher nicht besessenen Kenntniß von etwas zu gelangen?

„Es wird allgemein zugegeben, daß der Syllogismus fehlerhaft ist, wenn im Schlußsatz mehr liegt, als in den Prämissen vorausgesetzt wurde. Dies heißt aber in der That nichts anderes, als daß durch den Syllogismus niemals etwas bewiesen worden ist oder werden konnte, was nicht schon vorher bekannt oder als bekannt angenommen war. Deshalb muß zugegeben werden, daß als ein Argument betrachtet, welches den Schluß beweisen soll, in jedem Syllogismus eine petitio principii liegt."

Daß hier wirklich eine Schwierigkeit vorliegt, wird allgemein zugegeben. Lotze sagt darüber in seiner Logik (S. 122):

„Schon die Skepsis des Alterthums hat eingewandt, daß nicht die Prämissen die Richtigkeit des Schlußsatzes verbürgen, sondern daß der Schlußsatz bereits gültig sein muß, damit es die Prämissen sein können. In der That, wo bliebe die Wahrheit des Obersatzes: alle Menschen seien sterblich, wenn es in Bezug auf Cajus noch nicht gewiß wäre, daß er an dieser Eigenschaft Theil hat? und wo bliebe die Wahrheit des Untersatzes, daß Cajus ein Mensch sei, wenn es noch zweifelhaft wäre, ob er außer andern Eigenschaften des Menschen auch die der Sterblichkeit hat, die ja der Obersatz als allgemeines Merkmal jedes Menschen aufführt? Anstatt mithin durch ihre für sich feststehende Wahrheit die des Schlußsatzes zu beweisen, sind vielmehr beide Prämissen nur unter Voraussetzung seiner Wahrheit richtig, und dieser doppelte Cirkel scheint zunächst jede logische Leistung des Syllogismus unmöglich zu machen. Das Gewicht dieses Einwurfs ist nicht hinwegzuleugnen.

Die Schwierigkeit bleibt auch die gleiche, ob man sich den Obersatz als analytisches oder als synthetisches Urtheil denkt. Wer z. B. es zu dem Begriff des Körpers rechnet, schwer zu sein, bildet unangefochten den Obersatz: alle Körper sind schwer; aber er kann die Luft dann im Untersatz nicht einen Körper nennen, ohne schon mitzudenken, was erst der Schlußsatz lehren soll, daß auch die Luft schwer ist. Allgemein: Der Grundsatz der Subsumtion verlangt, daß das untergeordnete Einzelne die Merkmale seines Allgemeinen theile, aber umgekehrt läßt sich nichts einem Allgemeinen unterordnen, ohne bereits die Merkmale zu haben, die dieses ihm vorschreibt. So fragt es sich bei analytischem Obersatz, mit welchem Recht der Untersatz ausgesprochen werden könne. Bei synthetisch angenommenem Obersatz dagegen fragt es sich, wie dieser selbst als allgemeingültig behauptet werden könne."

Die Schwierigkeit ist also von der ältesten bis in die neueste Zeit anerkannt worden; neu ist nur Mill's Art, sie zu beseitigen.

Nach ihm wird der Schlußsatz allerdings aus etwas gefolgert, aber nicht aus den Prämissen, sondern aus einzelnen Beobachtungen, nicht aus dem Satz: „alle Menschen sind sterblich," sondern aus dem Tod von Johann und Thomas und Paul und sehr vielen andern Menschen. Daß alle Menschen sterblich sind, wissen wir ja doch nur aus der Erfahrung. Die Erfahrung zeigt nur einzelne Fälle. Aus diesen einzelnen Fällen müssen alle allgemeinen Wahrheiten gezogen werden, die nachher den Dienst eines Notizbuchs thun, durch welches man dem Gedächtniß zu Hülfe kommt. Wird man nach etwas gefragt, so mag man das Notizbuch aufschlagen, aber auf die Frage, wie die Thatsachen zu unserer Kenntniß kamen, würden wir nicht antworten dürfen, sie seien in unserm Notizbuch verzeichnet gewesen; „es müßte denn letzteres, wie der Koran, mit einer Feder aus dem Flügel vom Engel Gabriel geschrieben worden sein."

Wenn wir berechtigt sind, aus unserer Erfahrung in Betreff von Thomas, Johann &c., die einst lebten und nun todt sind, zu schließen, daß alle Menschen sterblich sind, so hätten wir auch gleich schließen können, daß irgend ein bestimmter Mensch sterblich ist. Durch das Einschalten eines allgemeinen Urtheils wird dem Beweis kein Jota hinzugefügt. Da die individuellen Fälle den ganzen Beweis ausmachen, den wir besitzen können, einen Beweis, den keine logische Form größer machen kann, als er ist; und da dieser Beweis entweder an und für sich genügend ist, oder wenn er es für den einen Zweck nicht ist, es auch für den andern nicht sein kann: so bin ich nicht im Stande zu sehen, warum wir den Weg von diesen genügenden Prämissen zum Schluß nicht abschneiden dürfen, und durch das Fiat der Logiker gezwungen sein sollten, die „a priori Hochstraße" zu wandeln. Ich vermag nicht einzusehen, warum es nicht möglich sein sollte, von einem Platz nach dem andern zu reisen, ohne „den Berg hinaufzumarschiren und dann wieder hinabzumarschiren." Es mag der sicherste Weg, und auf dem Gipfel des Berges mag ein Ruheplatz sein, der eine Aussicht auf die Umgebung darbietet, aber für den bloßen Zweck, an das Ziel unserer Reise zu gelangen, steht uns die Wahl des Weges ganz frei; es ist nur eine Frage der Zeit, der Mühe und der Gefährlichkeit."

Bleiben wir einen Augenblick hier stehen. Triviale Beispiele haben in der Logik zwar immer großen Schaden angerichtet, sie sind es hauptsächlich gewesen, welche diese Wissenschaft selbst trivial erscheinen ließen; aber hier hat das unglückliche Beispiel: „Alle Menschen sind sterblich, Cajus ist ein Mensch, folglich ist Cajus sterblich" geradezu an der ganzen Theorie des Syllogismus irre gemacht. Es ist in der That so ziemlich das schlechteste Beispiel, welches man hätte wählen können. Der Schlußsatz entwickelt sich im Geist des Hörers oder Lesers hier nicht aus den Prämissen, wenigstens nicht mit Bewußtsein, sondern liegt so vollständig in Jedem bereit, daß er einer Ableitung oder eines Beweises nicht bedürftig erscheint. Der Obersatz ist offenbar durch Induction gefunden, und zwar von Jedem selbst, nicht wie die Kepler'schen Gesetze oder das Gravitationsgesetz von Einem und seitdem überliefert. Der Satz hätte sich viel mehr geeignet, zu zeigen, was Induction sei, wie Jeder danach schließe und mit welcher Sicherheit man sich auf das Resultat derselben verlassen könne.

Daraus wird es auch ganz erklärlich, wie Mill zu der Ansicht kam, der Weg durch das All= gemeine sei ein Umweg, ein den Berg Hinauf= und dann wieder Hinuntermarschiren. Keine noch so sichere Ableitung kann, so scheint es, einem Satz eine größere materielle Sicherheit geben, als der Satz hat: „Cajus ist sterblich." Zu der Ueberzeugung von der Wahrheit dieses Satzes aber sind die Meisten in der Art gekommen, wie Mill es beschreibt. Die Logik hat leider die Ableitung dieses Satzes als Beispiel für den Syllogismus gewählt; kein Wunder also, wenn man dachte, was sie zu lehren habe, sei des Lernens nicht werth. Zwar ließe sich auch an diesem so herzlich schlecht gewählten Beispiel zeigen, daß der Gedankengang doch derjenige des Syllogismus ist und nicht der vom Be= sonderen aufs Besondere. Bis vor Kurzem hieß es auch: „alle Schwäne sind weiß." Und jetzt noch heißt es: aller Schnee ist weiß, alle Krähen sind schwarz. Wenn uns Jemand von weißen Krähen, die er gesehen habe, erzählte, könnten wir ihn leicht für einen Lügner halten. Allein der König von Siam hielt auch den englischen Gesandten für einen Lügner, als ihm derselbe von Eis erzählte, und schnell wurde durch Widersprechen der allgemeine Satz hervorgerufen: alles Wasser ist flüssig. Aehnlich würde das Widersprechen auch in Mill's Beispiel wirken. Denn angenommen, es gäbe Jemand zu, so viele einzelne Menschen sind gestorben, behauptete aber, wäre es auch nur aus Oppositionslust, daraus folge noch nicht, daß auch Cajus sterben müsse, so würde schnell der vollständige Gedankengang zu Tage kommen und auch der Satz: „alle Menschen sind sterblich" gehört werden.

Die Logik ist von Einigen Disputir-Kunst genannt worden. Sie ist aber gerade das Gegen= theil; sie ist die Kunst, das Disputiren abzuschneiden, dem Wortgezänk ein Ende zu machen. Sind zwei kurze Sätzchen, die Prämissen, zugegeben, so muß auch der dritte Satz, der Schlußsatz zugegeben werden, selbst von dem disputirsüchtigsten Menschen. Wer das noch nicht erfahren hat, lese einen Platonischen Dialog, und er wird staunen über die Macht, welche in der Zusammenstellung zweier Sätze liegt. Aber diese Macht liegt nicht in jeder beliebigen Zusammenstellung, sondern nur in der, welche man Syllogismus nennt. In der, welche Mill für Schließen hält, liegt sie aber gar nicht. Ich kann hier 2 und 3, und 4, und 100 Sätze zugeben, und doch den Schlußsatz leugnen, ohne in einen Widerspruch zu verfallen. Ich kann zugeben, daß die Menschen A, B, C bis Z gestorben sind, und doch leugnen, daß alle Menschen sterblich sind, wie ich zugeben kann, daß die Schwäne A, B, C bis Z weiß sind und doch leugnen kann, daß alle Schwäne weiß sind, ohne mich in einen Widerspruch zu verwickeln. Ganz anders ist es, wenn ich zugebe, „alle Menschen sind sterblich,“ „Cajus ist ein Mensch;“ dann bleibt mir keine Wahl; dann muß ich auch zugeben, daß Cajus sterblich ist. Hier ist ein Zwang, dem Niemand sich entziehen kann. Allein eben wegen dieses Zwanges wird der Syllogismus von Gegnern eine Falle genannt. Wenn Jemand arglos 2 Sätze zugegeben habe, sehe er sich plötzlich in einen Widerspruch verstrickt. Wir sehen darin keinen Vorwurf für den Syllogismus, sondern ein großes Zugeständniß. Von der Induction kann man Gleiches nicht rühmen. Sie fängt und verstrickt nicht, denn sie hat keine festhaltende Kraft.

Uebrigens warum solche Ausdrücke wie Fangen und Verstricken, auch wenn wir ein Gespräch voraussetzen. Wenn nun Jemand so großherzig denkt, wie Sokrates, in der Unterhaltung gewinne eigentlich der Besiegte, denn er lerne Etwas, der Sieger nicht; wer einen Irrthum los werde, sei um so viel reicher. Warum aber überhaupt ein Gespräch voraussetzen? Geht man nicht oft mit sich selbst zu Rath und überzeugt sich von einem Irrthum? Niemand aber legt sich selbst eine Falle, Niemand sucht sich selbst zu verstricken.

Und würden wir doch nur recht oft im Gespräche so verstrickt, wir würden dann eine Menge Irrthümer los, vor allen Dingen den Hauptirrthum, daß unsere Ansichten so ziemlich zusammenstimmen, während in Wirklichkeit in den Ansichten eines Jeden sich grelle Widersprüche finden. Um anzusehen, daß dem in der That so ist, brauchen wir nur eine gute Biographie aufzuschlagen. Wir nehmen die anerkannt beste, das Leben Sam. Johnson's von Boswell, von dem Macaulay sagt: „Das Leben Johnson's ist sicherlich ein großes, ein sehr großes Werk. Homer ist nicht entschiedener der erste der epischen Dichter, Shakespeare ist nicht entschiedener der erste der Dramatiker, Demosthenes ist nicht entschiedener der erste der Redner, als Boswell der erste der Biographen ist.“ Und was zeigt uns diese Biographie? Einen Mann von seltener Schärfe des Verstandes und doch welche Beschränktheit! „Die gerühmten Athenienser,“ sagt er, „waren Barbaren. Die Masse von jedem Volke, das die Buchdruckerkunst nicht kennt, muß barbarisch sein;“ und welche Widersprüche! „Sir, das ist alles Einbildung. Ich würde nicht eine halbe Guinee darum geben, lieber unter der einen Regierungsform zu leben, als unter der andern;“ und gleich darauf, als sein Gegner eine Bemerkung gemacht hatte, „Sir, ich sehe, Sie sind ein schnöder Whig.“ „Wenn der Unterschied zwischen zwei Regierungsformen keine halbe Guinee werth ist“, sagt Macaulay hierzu, „so ist es nicht leicht einzusehen, wie Whigismus schnöder sein kann als Toryismus. . . . Niemand würde einen Widerspruch, wie dieser, in der Logik eines Gegners rascher entdeckt haben als Johnson.“

Das sind im Gespräch geäußerte Ansichten, kann man einwenden. Aber was treibt über ein philosophisches System hinaus? z. B. von Baco zu Locke, von Locke zu Hume, von Hume zu Kant? Der Widerspruch. Hier aber sind die Ansichten nicht zufällig hingeworfen, sondern durch die Arbeit eines ganzen Lebens gezeitigt und gereift.

Ein anderer Einwurf: „Ehe ihr den Obersatz aufstellet, hättet ihr euch von der Richtigkeit dessen, was er enthält, erst überzeugen sollen“ ist noch unglücklicher, denn er trifft nicht den Syllogismus, sondern die Induction, er läßt höchstens die sogenannte vollständige Induction zu, von welcher Mill nicht viel, und Baco und Whewell gar nichts wissen wollten. Hätte sich hier Mill nicht auch, ehe er den allgemeinen Satz aufstellte, klar machen sollen, daß er, der Angreifer des Syllogismus und der Lobredner der Induction, die Induction gänzlich vernichtet?

„Nicht allein, daß wir vom Besondern aufs Besondere schließen können, sondern wir schließen sogar fortwährend so; alle unsere frühzeitigen Folgerungen sind dieser Art. Von den ersten Tagen der Intelligenz an ziehen wir Folgerungen, aber Jahre vergehen, ehe wir den Gebrauch der allgemeinen Sprache lernen. Das Kind, welches seine Finger an das Feuer zu stecken vermeidet, nachdem es sie verbrannt hat, hat geschlossen oder gefolgert, wenn es auch niemals an den allgemeinen Grundsatz: das Feuer brennt, gedacht hat.... Es generalisirt nicht, sondern schließt vom Besondern aufs Besondere. In ähnlicher Weise schließen auch die Thiere.... Nicht allein das gebrannte Kind, sondern auch der gebrannte Hund scheut das Feuer."

. Wir geben das Alles gern zu. Wir könnten ohne Mühe die Zahl der Beispiele noch vermehren:

Qui semel est laesus fallaci piscis ab hamo
Omnibus unca cibis aera subesse putat.

Aber hat der Fisch Recht? Steckt in jeder Speise ein Haken?

Eine verbrühte Katze, sagen die Spanier, scheut auch kaltes Wasser. Sie schließt eben inductiv; allerdings etwas zu weit.

Mill's Beispiele sind nur von Schlüssen, welche zutreffen, hergenommen. Nach negativen Instanzen hat der große Lehrer der Induction nicht gesucht.

Auch die folgenden Beispiele zeigen dies:

„Ein alter Krieger ist nach einem raschen Blick auf die Umrisse eines Feldes im Stande, die nöthigen Befehle für eine geschickte Aufstellung seiner Truppen zu geben, obgleich er, wenn er nur einen geringen theoretischen Unterricht empfangen hat, und selten aufgefordert worden ist, Andern von seinem Verfahren Rechenschaft zu geben, vielleicht niemals einen einzigen allgemeinen Lehrsatz in Betreff der Beziehung zwischen Schlachtfeld und Schlachtordnung in seinen Gedanken hatte."

Wenn meine eigene Erfahrung nur mich zu bestimmen hat zu etwas, das ich allein auszuführen habe, mag eine solche Art des Schließens genügen. Wenn ich aber Andere überzeugen soll, oder wenn bei der Ausführung Andere mitwirken sollen, ist es damit nicht genug. Wenn, um bei Mill's Beispiel zu bleiben, der alte Krieger nicht die Truppen selbst aufzustellen, sondern nur im Kriegsrath seine Meinung zu geben hatte, wie dann? Dann wäre wieder klar geworden, daß der Weg vom eigenen Ueberzeugtsein zum Ueberzeugen Anderer nicht vom Besondern aufs Besondere, sondern durchs Allgemeine führt.

„Die Geschicklichkeit ungebildeter Menschen in dem Gebrauch von Waffen oder Werkzeugen ist von einer ganz ähnlichen Natur. Der Wilde, der mit unfehlbarer Hand den Wurf thut, welcher seine Beute oder seinen Feind niederbringt, und der dies in der seinem Zweck am besten entsprechenden Weise und unter Bemessung aller nothwendigen Bedingungen des Gelingens, wie Schwere und Gestalt der Waffen, Richtung und Entfernung des Gegenstandes, Einwirkung des Windes ꝛc., thut, verdankt diese Geschicklichkeit einer langen Reihe von vorhergehenden Experimenten, deren Resultat er gewiß niemals in wörtliche Lehrsätze oder Regeln faßte."

Wenn dieses Beispiel ein Schwert gegen den Syllogismus sein soll, so ist es sehr zweischneidig, denn Macaulay gebraucht ganz ähnliche Beispiele gegen die Induction. *) „Wir halten dafür," sagt er, „daß der inductive Proceß wie viele andere Processe keine Aussicht hat, besser ausgeführt zu

---

*) Macaulay, Lord Bacon.

werden, blos weil die Menschen wissen, wie sie ihn vorzunehmen haben. Wilhelm Tell würde nicht im Geringsten mehr Aussicht gehabt haben, den Apfel zu spalten, wenn er gewußt hätte, daß sein Pfeil unter dem Einfluß der Anziehungskraft der Erde eine Curve beschreiben werde."

Wie wenig sich solches Können mittheilen läßt, zeigt ein anderes Beispiel von Mill sehr deutlich.

„Es ist nicht lange her, daß sich ein schottischer Fabrikant zu hohem Lohn aus England einen Färber verschrieb, der wegen der Erzeugung feiner Farbenschattirungen berühmt war, damit dieser seine eigenen Arbeiter diese Geschicklichkeit lehre. Der Färber kam, aber die Art und Weise, wie er die Mengenverhältnisse der Ingredienzien bestimmte, in denen das Geheimniß der Farbeneffecte beruhte, bestand darin, daß er sie handvollweise nahm, während die gewöhnliche Methode im Abwägen derselben bestand. Der Fabrikant veranlaßte ihn, sein System in ein entsprechendes Abwägesystem zu verändern, damit das allgemeine Princip dieses eigenthümlichen Verfahrens bestimmt werden könne. Der Mann fand sich aber gänzlich außer Stande, dies zu thun, und konnte daher auch seine Geschicklichkeit Niemandem mittheilen."

Als Antwort auf das, was Mill mit diesem Beispiel sagen will, diene der Schluß von Liebig's Rede über Induction und Deduction: „Beim Eingreifen der Wissenschaft in eine Kunst erwächst der kaum hoch genug anzuschlagende Nutzen, daß sie die Kunst als solche, und was individuell in ihr ist, zerstört, indem sie sie in lehrbare und erlernbare Regeln auflöst, durch deren Kenntniß auch der Unbegabte in den Gewerben, der Industrie, Landwirthschaft und Technik das Vermögen des begabtesten, geschicktesten und erfahrensten Praktikers empfängt, der seine Ziele auf dem kürzesten, sichersten und ökonomischsten Weg erreicht. Was früher einem Individuum eigen war, wird von da an das Gemeingut aller."

Daß Mill in seinen Beispielen sich selbst täuscht, daß er glaubt, von inductivem Schließen zu sprechen, während er von unbewußtem Schließen spricht, das eben so wohl das syllogistische wie das inductive sein kann, beweist das letzte Beispiel, das ich von ihm anführen will, sehr deutlich:

„Fast ein Jeder kennt den Rath, welchen Lord Mansfield einem Mann von gutem praktischen Verstand gab, der als Gouverneur einer Colonie in dem Gerichtshof derselben den Vorsitz zu führen hatte, der aber weder richterliche Erfahrung noch juristische Bildung besaß. Der Rath bestand darin, die Entscheidung dreist zu geben, denn sie würde wahrscheinlich richtig sein, sich aber niemals auf Gründe einzulassen, denn sie würden fast unfehlbar falsch sein."

Der Rath war gewiß sehr praktisch. Aber wenn das Treffen der richtigen Entscheidung ohne richterliche Erfahrung und juristische Bildung sicher wäre, so läge ein anderer Rath nahe, der nämlich, die Mühe und Zeit, welche das Studium der Jurisprudenz fordert, zu sparen. Der Fall dieses Gerichtspräsidenten ist dem jenes alten Kriegers ähnlich. Sie schließen, Mill sagt inductiv, ich sage unbewußt, treffen das Richtige, können aber die Richtigkeit nicht beweisen. Aber, sagt Mill, Schließen und den Schluß beweisen, sind zwei verschiedene Dinge, wie Abschreiben und die Richtigkeit der Abschrift verificiren. Wie aber die Prüfung der Abschrift nicht ein Theil des Copiractes ist, so ist der Beweis des Schlusses nicht ein Theil des Schließens.

Da zwei so verschiedene Dinge auch zwei verschiedene Namen haben müssen, so nimmt Mill dem Ableiten aus dem Allgemeinen den Namen Schließen, und ersetzt ihn durch Interpretiren. Wir schließen also, so lautet Mill's Lehre, vom Einzelnen aufs Einzelne oder auf das Allgemeine und interpretiren die allgemeinen Sätze. Vorher hatte man gesagt, wir rathen vom Einzelnen aufs Allgemeine und schließen aus dem Allgemeinen. Die ganze Neuheit von Mill's Theorie liegt in einer Aenderung der Terminologie, aber diese Aenderung ist hervorgegangen aus dem Bestreben, die Wichtigkeit des inductiven Schließens zu betonen, es hervorzuheben selbst auf Kosten des deductiven.

Und Mill darf sich rühmen, „die in dem Vorhergehenden niedergelegte Lehre vom Syllogismus hat auf verschiedenen Seiten Beifall gefunden, von besonderem Werth ist aber der Beifall, den sie bei Sir John Herschel, Dr. Whewell und Hrn. Bailey gefunden hat. Sir John Herschel betrachtet dieselbe, obgleich streng genommen keine „„Entdeckung"", für „einen der größten Schritte vorwärts, welchen die Philisophie der Logik noch gemacht hat," „wenn wir" (um die Worte derselben Autorität anzuführen) „die eingewurzelten Gewohnheiten und Vorurtheile betrachten, welche sie den Winden über= geben hat" ꝛc.

Aber wie sehr auch Herschel und Whewell und Bailey Mill's Theorie preisen mögen, sie ist dennoch falsch. Die Deduction beginnt nicht, wo das Schließen aufhört, sondern sie ist selbst das wahre Schließen, und das andere, welches Mill so hoch erhebt, ist nichts als ein Rathen. Mill hat sich selbst getäuscht durch die Fälle, von denen er ausgeht, die alle das Hauptgewicht auf die Ent= deckung des Obersatzes legen. Wenn der Entdecker aus diesem Obersatz schließt, zu dem er durch Induction gekommen ist, so muß ihm auch das aus jenem Obersatz Abgeleitete auf derselben Induc= tion zu ruhen scheinen; aber wer die einzelnen Fälle, welche zu dem Obersatz führten, gar nicht kennt, sondern den Satz in der Schule oder aus einem Buche gelernt hat, wer, um Mill's Beispiel von dem Notizbuch beizubehalten, in einem Notizbuch nachgeschlagen hat, aber nicht in dem eigenen, sondern in dem Notizbuch der Wissenschaft, für den dient der allgemeine Satz als solcher zur Er= weiterung des Wissens. Wir schließen, betont Mill, aus der Erfahrung; aber, setzen wir hinzu, viel häufiger aus der Erfahrung der Menschheit, als aus unserer eigenen. Wir wären Wilde, ja arm= seliger als alle Wilden, von denen wir je gelesen haben, wenn wir nur auf unsere eigene persönliche Erfahrung angewiesen wären, wenn Jeder mit seinem Lernen von Vorn anfangen müßte. Nur dann, wenn dieses wäre, wäre Mill's Lehre richtig. So aber ruht nur ein ganz winziger Bruchtheil unserer Schlüsse auf unserer eigenen Erfahrung, der weitaus größte Theil auf der Erfahrung Anderer. Diese Erfahrung aber ist niedergelegt in allgemeinen Sätzen, und diese Sätze sind um so werthvoller, je allgemeiner sie sind. Sie gleichen Banknoten. Den Unkundigen scheinen auch diese nur Stückchen Papier, werthloser als die kleinste Münze; der Kundige aber schätzt sie, weil sie bequem aufzuheben, und ja doch zu jeder Zeit in Gold und Silber umzusetzen sind.

In Deutschland schließt sich v. Kirchmann den Angriffen der englischen und französischen Philosophen auf den Syllogismus an. „Der Mangel des Syllogismus liegt darin, daß er sich innerhalb der Identität bewegt und nie zur Erweiterung der Wissenschaft dienen kann. Der Ober= satz kann nur durch Beobachtung und Induction gewonnen werden, ebenso der Mittelsatz; die Con= clusion, das eigentliche und ausschließliche Werk des Syllogismus, ist nur die nichtssagende Wiederholung des Obersatzes für einen besonderen in ihm an sich schon mitenthaltenen Fall. Insbesondere ist es irrig, wenn man meint, daß die Geometrie in Syllogismen vorwärts schreite. Sie kleidet allerdings ihre Beweise in diese Form; aber die Hauptsache, die Feststellung des Ober= satzes und die Ermittelung, daß eine neue Gestalt in sich eine Besonderung dieses Obersatzes ent= halte, muß schon vor der Conclusion geschehen sein. Dazu hilft kein Syllogismus, vielmehr dienen dazu insbesondere die Hülfsconstructionen. Die Conclusion gibt auch in der Geometrie der an sich schon gewonnenen Erkenntniß nur die schwerfällige logische Form."

In seinem Hauptwerk (die Philosophie des Wissens) erläutert v. Kirchmann dies (S. 391) an einem Beispiel. „Der Satz, daß der Centriwinkel doppelt so groß sei, als der Peripheriewinkel desselben Kreisbogens, beruht auf der Erkenntniß, daß der Centriwinkel den Begriff des Außenwinkels eines gleichschenkligen Dreiecks in sich enthält, in dem der Peripheriewinkel einen von den gleichen innern Winkeln des Dreiecks darstellt. Mit dieser Subsumtion fällt dieser Lehrsatz als Conclusion unter den früheren Lehrsatz, daß der Außenwinkel den beiden gegenüberliegenden inneren Winkeln eines Dreiecks gleich sei. Die Conclusion ist leere Tautologie; die Erweiterung des Wissens, die in dem obigen Lehrsatz entschieden enthalten ist, beruht auf der Subsumtion oder Feststellung der zweiten Prämisse."

Und wie in diesem Beispiel findet v. Kirchmann überall eine Erweiterung des Wissens durch den Schluß nur da, wo der Schließende auch die zweite Prämisse feststelle. „Das Schließen aus gegebenen Prämissen ist Tautologie."

Hiergegen ist zu erwidern, daß der Syllogismus es mit der Feststellung keiner Prämisse, weder der ersten, wie Mill meint, noch der zweiten, wie v. Kirchmann meint, ja nicht einmal mit der Prüfung ihrer Richtigkeit, wenn sie gegeben sind, zu thun hat. Daß die Conclusion doch nicht eine leere Tautologie, eine nichtssagende Wiederholung des Obersatzes sei, zeigt eben jenes Beispiel aus der Geometrie. Dasselbe widerlegt auch den Irrthum über den Werth der Hülfslinien. Hier ist z. B. in einem der drei möglichen Fälle gar keine Hülfslinie nöthig und doch die Anwendung früher bewiesener Sätze möglich; weiteres wollen aber die Hülfslinien nicht. Jeder Beweis ruht nach Leibnitz auf der Kraft der logischen Form.

Den vielen Angriffen bedeutender Männer auf den Syllogismus, denen wir noch eine Stelle aus Trendelenburg's logischen Untersuchungen (S. 285) hinzufügen könnten:

„So weicht der Syllogismus — eine behutsame Stütze — dem freieren kühneren Geiste.

Man geht dem Ziele zu, ohne die Pendelschläge der Schritte zu messen und zu zählen." stehen zwar auch warme Worte des Lobs von Seiten bedeutender Männer gegenüber:

Leibnitz sagt (Nouv. Ess. IV, 17 § 4): L'invention du syllogisme est une des plus belles et des plus considérables de l'esprit humain: c'est une espèce de mathématique universelle dont l'importance n'est pas assez connue, et l'on peut dire qu'un art d'infaillibilité y est contenu, pourvu qu'on sache et qu'on puisse bien s'en servir, und Schopenhauer hebt die Schwierigkeit, welche Mill und viele Andere verwirrte, wie es möglich sei, daß der Schlußsatz schon im Obersatz enthalten sein muß und doch durch den Syllogismus Neues gewonnen werden kann, durch vortreffliche Gleichnisse: „Die Erkenntniß, welche der Schlußsatz liefert, war latent, wirkte daher so wenig, wie latente Wärme aufs Thermometer wirkt. Wer Salz hat, hat auch Chlor; aber es ist, als hätte er es nicht; denn nur wenn es chemisch entbunden ist, kann es als Chlor wirken; also erst dann besitzt er es wirklich. Ebenso verhält sich der Erwerb, welchen ein bloßer Schluß aus schon bekannten Prämissen liefert: eine vorher gebundene oder latente Erkenntniß wird dadurch frei". *)

Aber im Allgemeinen läßt sich nicht leugnen, daß der Syllogismus seit dem Ende des Mittelalters bis heute namentlich in England und Frankreich viel häufiger angegriffen als vertheidigt worden ist, ja daß diese Angriffe an Stärke und Beredtsamkeit zugenommen haben, und wir haben bei unserer Ueberzeugung, daß sie grundlos sind, die Frage zu beantworten: Was sie veranlaßt und stets von Neuem wieder mit vermehrter Macht hervorgerufen hat.

Die Antwort lautet: Man hatte vom Syllogismus zu viel erwartet, Dinge, die Aristoteles nie von ihm versprochen hat und die derselbe nachweisbar nie leisten kann; und als man sich in seinen Erwartungen getäuscht sah, unterschätzte man jetzt ebenso, wie man früher überschätzt hatte und setzte seine ganze Zuversicht auf ein neues Mittel, das bisher nicht mit Bewußtsein im Großen angewendet worden war und versprach sich von diesem, was das alte Mittel hatte leisten sollen und nicht hatte

---

*) Zur Syllogistik.

leisten können, die Erweiterung der Wissenschaft und die Ausdehnung der Macht des Menschen über die Natur. Das neue Mittel, von dem man sich so Glänzendes versprach, war die Induction.

Große Entdeckungen und Erfindungen hatten die Phantasie in Thätigkeit gesetzt. Sie waren nicht auf dem bisherigen Wege der Wissenschaft gemacht worden; folglich mußte der bisherige Weg der Wissenschaft verlassen werden. Sie waren zufällig gemacht worden, was ließe sich folglich erwarten, wenn man das neue Mittel anwendete und methodisch suchte; und Baco, Lordkanzler von England, verkündet (Neues Org. I, 61): „Meine Weise, die Wissenschaften aufzusuchen, ist so beschaffen, daß der Schärfe und Stärke des Geistes nicht viel übrig gelassen wird; vielmehr stellt sie die Geister und Anlagen einander eher gleich. Denn so wie zur Ziehung einer geraden Linie oder Beschreibung eines vollkommenen Kreises mit der bloßen Hand viel Sicherheit und Uebung gehört, aber wenig oder gar keine, wenn das Lineal oder der Zirkel dazu benutzt wird, so verhält es sich auch mit meiner Verfahrungsweise."

Das Beispiel ist vortrefflich gewählt. Wie Zirkel und Lineal die Hand leiten, so daß selbst ein Anfänger den größten Maler in Sicherheit der geraden Linien und der Kreise übertreffen kann, so soll die neue Methode den Geist leiten und Erfindungen sollen dann auf einmal erfaßt und voraus genommen werden, die ohne sie erst im Verlauf der Jahrhunderte zum Vorschein kämen. Sie wird ihn lehren, daß „vieles, was sich aus den Quellen der Dinge schöpfen läßt, nicht in den bekannten Bächen fließt. Hätte z. B. Jemand vor Erfindung der Feuerwaffen sie nur nach ihren Wirkungen beschrieben und gesagt, man habe eine Erfindung gemacht, durch welche die größten Mauern und Wälle aus weiter Entfernung erschüttert und niedergeworfen werden könnten, so würde man über die Gewalt der vorhandenen Maschinen und Vorrichtungen mannigfach nachgedacht haben, um sie durch Gewichte und Räder, oder durch Vermehrung der Widderstöße und Schläge zu verstärken; aber Niemand würde auf einen feurigen Dampf, der sich plötzlich und gewaltsam ausdehnt und aufbläht, in seiner Phantasie gerathen sein, vielmehr würde man dergleichen gänzlich verworfen haben, weil man nie ein Beispiel davon gesehen habe, und weil Erdbeben und Blitze wegen der Größe dieser Naturvorgänge von den Menschen nicht nachgemacht werden können.

Hätte in ähnlicher Weise Jemand vor Entdeckung der Seide gesagt, man habe eine Art Fäden entdeckt, die zu Kleidern und Hausrath gebraucht werden könnten und die leinenen und wollenen Fäden in Feinheit und Festigkeit, sowie in Glanz und Weichheit bei Weitem überträfen, so würde man gleich an irgend eine Pflanzenfaser oder an das feine Haar eines Thieres oder an die Federn und den Flaum von Vögeln gedacht haben; aber auf das Gewebe eines kleinen Wurms, welches alljährlich in solcher Menge neu gebildet wird, wäre man nicht gekommen; und hätte Jemand ein Wort von solchem Wurme fallen lassen, so würde er als ein Träumer verspottet worden sein, weil er von neuen Werken der Spinnen rede.

Hätte ebenso Jemand vor Erfindung des Compasses erzählt: es sei ein Instrument erfunden worden, durch welches die Hauptpunkte des Himmels erkannt und unterschieden werden könnten, so würde man der Verfertigung der feinsten astronomischen Instrumente nachgegangen sein und in der Hitze der Phantasie Vieles und Mancherlei erörtert haben; aber man würde es nicht geglaubt haben, daß sich etwas auffinden lasse, dessen Bewegung mit der des Himmels so genau stimme und doch nicht zum Himmel gehöre, sondern blos aus einem steinernen und metallischen Stoff bestehe.

Dennoch ist dies und Anderes, was so lange Zeit den Menschen verborgen war, nicht durch die Philosophie und die Künste der Vernunft, sondern durch Zufall und gelegentlich entdeckt worden, und es gehört zu dem, was, wie erwähnt, von dem bisher Bekannten völlig verschieden war und ihm so fern stand, daß es mittels bloßer Begriffe niemals hätte erreicht werden können.

Deshalb kann man hoffen, daß die Natur in ihrem Buche noch vieles Vortreffliche verborgen halte, was mit dem bisher Erfundenen keine Verwandtschaft und Aehnlichkeit hat, sondern weit ab von den Wegen der Einbildungskraft liegt und noch nicht erfunden worden ist. Unzweifelhaft wird es im Fortgang und Verlauf der Jahrhunderte zum Vorschein kommen, ebenso wie es mit dem Früheren auch geschehen ist; aber auf dem von mir dargelegten Wege wird dies schneller und entschiedener geschehen und es kann damit auf einmal erfaßt und vorausgenommen werden."

Man fühlt dieser und ähnlichen Stellen an, von welchem Geiste sie getragen sind. Sie wirken zwar auch durch die schöne Sprache und den fließenden Styl; sie sind aus einem Werk, das zwölfmal umgeschrieben worden ist; allein über diesen Vorzügen steht noch die Tiefe des Gefühls, die Gluth der Begeisterung. So spricht nur die Hoffnung.

Zwar mußte es Männern der Wissenschaft schon damals auffallen, daß diese wundervolle Methode, die den schwächsten Kopf dem geistreichsten gleich machen und auf Erfindungen förmlich stoßen soll, nicht einmal Baco selbst dazu brachte, ich will nicht sagen, etwas zu erfinden oder zu entdecken, denn er hat auch nicht das Mindeste selbst erfunden oder entdeckt, sondern das, was große Männer schon entdeckt hatten, wie die Bewegung der Erde, die Erklärung von Ebbe und Fluth auch nur anzuerkennen, daß sie ihn nicht abhielt, Copernicus und Galilei, Gilbert und Kepler zu bekämpfen.

Schon damals mußte es Naturforschern sonderbar vorkommen, wie Baco im Besitz einer solchen Methode schreiben konnte (Neues Org. II, 12): „Der gebrannte Kalk scheint bei Benetzung mit Wasser heiß zu werden, entweder durch die Verbindung von Wärme, die vorher zerstreut war, oder durch den Reiz und die Anregung, welche der Feuergeist durch das Wasser erhält, wobei eine Art Conflict und Gegendruck entsteht;" und so unklare Begriffe über ein Factum zu Tag zu fördern, das jetzt die Wissenschaft einfach damit erklärt, es erfolge beim Löschen des Kalkes eine chemische Verbindung des Kalkes mit dem Wasser, wobei das Wasser zu einem festen Körper, zu Kalkpulver, und deshalb die in seinem flüssigen Zustand in ihm enthaltene latente Wärme frei und fühlbar werde.

Aber heute, wo die Zaubermacht der Induction (so spricht sogar Apelt), Jahrhunderte lang Zeit gehabt hat, sich zu offenbaren, wo ein neuer Umschwung sich vorbereitet und große Naturforscher erklären, sie sähen die Zukunft der Wissenschaft wieder in größerer Pflege der Deduction, wo Liebig die Untersuchungen Baco's analysirte und zeigte, warum sie zu nichts führen konnten; heute, wo die Rückströmung einzusetzen scheint, mag es an der Zeit sein, nicht etwa in ähnlicher Weise gegen die Induction ungerecht zu sein, wie es ihre Lobredner gegen den Syllogismus waren, aber doch auf ein Factum aufmerksam zu machen, das in der Theorie des Syllogismus immer unerhört gewesen wäre.

Die glänzendsten Schriftsteller, die eminentesten Gelehrten haben über Induction geschrieben; aber nicht einmal über die einfachsten, bekanntesten und wichtigsten Fälle sind sie einig, ob sie unter Induction gehören oder nicht; Methoden, wie die Wissenschaften erweitert werden können, sind von Jedem angegeben worden, von Manchen sogar viele; aber keiner bis auf Mill, welcher einige Methoden Herschel's in seine vier Methoden zusammendrängt, nimmt die Methoden seines Vorgängers an oder glaubt etwas von ihnen erwarten zu können. Von der erfinderischen Kraft der Induction hat sich bei Baco's Nachfolgern so wenig gezeigt als bei Baco selbst; keiner hat trotz aller Methoden etwas erfunden oder entdeckt. Selbst wenn wir die Aufgabe, etwas zu finden, noch so leicht machen, wenn wir nicht verlangen, es solle etwas ganz Neues ans Licht gezogen werden, wenn wir also auf das versprochene Erweitern der Wissenschaft ganz verzichten, und nur verlangen, daß eine schon bekannte Wahrheit aus andern schon bekannten Wahrheiten, z. B. ein mathematischer Satz aus andern mathematischen Sätzen in einer Weise abgeleitet werde, die von glücklichen Einfällen unabhängig ist, selbst bei diesem Minimum der Ansprüche an das, was versprochen war, läßt uns die Induction im Stich.

Ich beweise zuerst diese Thatsachen und wende mich dann zur Erklärung.

Wenn irgend ein wissenschaftliches Verfahren allgemein auf den Namen der Induction Anspruch erheben darf, so ist dies Kepler's Bestimmung der Planetenbahnen. So sollte man denken, aber Mill bestreitet es. Denn was thut Kepler anders, als daß er die verschiedenen beobachteten Punkte der Bahn, welche der Planet Mars durchläuft, mit einander vereinigte und zusah, welche Curven sie bilden würden? Ist dies aber Induction? „Wenn ein Schiffer, mitten auf dem Ocean segelnd, ein Land entdeckt, so kann er nach einer Beobachtung nicht sagen, ob es ein Festland oder eine Insel ist; wenn er aber der Küste entlang fährt und nach einigen Tagen findet, daß er dasselbe umschifft hat, so nennt er es nun eine Insel. Er bestimmte diese Thatsache durch eine Reihe von besonderen Beobachtungen, und wählte dann einen allgemeinen Ausdruck, der in zwei oder drei Worten alles umfaßt, was er beobachtet hatte. Mehr hat auch Kepler nicht gethan; alles, was in seinem Verfahren Charakteristisches lag, war so wenig inductiv, als das Verfahren des Schiffers. Nur in gewisser Hinsicht vollführte Kepler eine wirkliche Induction, indem er nämlich schloß, daß Mars sich fortwährend in der Ellipse bewege, und ferner, indem er schloß, daß der Ort des Planeten während der Zeit, welche zwischen zwei Beobachtungen verstrich, die dazwischen liegenden Punkte der Curve decken mußte." Aber diese Folgerungen waren kein Theil von Kepler's philosophischer Operation, da sie gemacht waren, lange bevor derselbe geboren war. Den Astronomen war es lange bekannt, daß die Planeten periodisch zu denselben Orten zurückkehren. Nachdem dieses bestimmt war, blieb Kepler keine Induction zu machen übrig, und er machte auch keine weitere Induction; er wendete blos seine neue Vorstellung auf die gefolgerten Thatsachen an, wie er sie auf die beobachteten anwandte.

Auch Whewell stimmt mit der gewöhnlichen Auffassung nicht ganz überein: „Es ist kein angemessenes Beispiel der Induction zu sagen, Merkur beschreibt eine Ellipse, ebenso Venus, ebenso die Erde, Mars, Jupiter, Saturn, Uranus; folglich beschreiben alle Planeten Ellipsen. So stellt man den Beweis dar, wenn der Satz einmal getroffen ist, aber die Induction besteht in dem Treffen einer vorher nicht augenscheinlichen Vorstellung. Als Kepler, nachdem er versucht hatte, die beobachteten Orte des Planeten Mars auf viele andere Arten zu verbinden, zuletzt fand, daß die Vorstellung einer Ellipse sie alle einschlösse, erhielt er eine Wahrheit durch Induction; denn dieser Schluß war nicht deutlich in den Erscheinungen eingeschlossen und war auf diese Thatsache vorher nicht angewendet worden."

Auch Lange kommt auf dieses Beispiel zu reden, um Liebig zu widerlegen, welcher der Bakonischen Ueberschätzung des Experiments zu energisch gegenübergetreten war und gesagt hatte:

„Baco legt in der Forschung dem Experimente einen hohen Werth bei; er weiß aber von dessen Bedeutung nichts; er hält es für ein mechanisches Werkzeug, welches, in Bewegung gesetzt, das Werk aus sich selbst heraus macht; aber in der Naturwissenschaft ist alle Forschung deductiv oder apriorisch; das Experiment ist nur Hülfsmittel für den Denkproceß, ähnlich wie die Rechnung; der Gedanke muß ihm in allen Fällen und mit Nothwendigkeit vorausgehen, wenn es irgend eine Bedeutung haben soll " . . . .

„Eine empirische Naturforschung in dem gewöhnlichen Sinn existirt gar nicht. Ein Experiment, dem nicht eine Theorie, d. h. eine Idee vorhergeht, verhält sich zur Naturforschung wie das Rasseln mit einer Kinderklapper zur Musik."

Diesen starken Worten tritt Lange mit Kepler's Beispiel gegenüber, fällt aber dabei selbst in einen Irrthum. (S. 352.)

„Als Kepler die Form der Ellipse auf die Beobachtungen über die Marsbahn anwandte, hatte er eine sehr bestimmte Idee, nach welcher er die Erfahrung benutzte; der Beweis war dennoch inductiv, weil er sich auf die einzelnen Oerter der Marsbahn beziehen mußte.

Nur durch die Bemerkung, daß sämmtliche Rechnungsresultate für alle beobachteten Oerter mit der Theorie der elliptischen Bahn übereinstimmten, wurde der Schluß möglich, daß dies überhaupt für alle Oerter, d. h. für die ganze Bahn der Fall sei.

Trotzdem daß hier, wie Liebig es verlangt, dem Experiment — denn dessen Stelle vertreten die Rechnungen — eine vollständige Theorie vorangeht, ist dennoch Kepler's Verfahren nicht nur inductiv, sondern auch in jedem Sinn empirisch. Denn die Anwendung der Ellipse auf die Rechnung war auch nur ein Versuch, den Kepler nach unzähligen anderen Versuchen anstellte; eins der reinsten Beispiele eines erfolgreichen Empirismus, welche die Geschichte kennt; noch besonders merkwürdig dadurch, daß es die Beharrlichkeit eines Idealisten war, welche auf diesem Wege der Wahrheit die Enthüllung abtrotzte. Erst nach Auffindung der Marsbahn trat eine deductives Element ein mit dem Schluß, daß die übrigen Planeten sich gleich verhalten würden; der wirkliche Beweis dafür aber war und blieb empirisch und mußte empirisch bleiben, so lange nicht Newton den innern Grund dieser Erscheinungen aus einer Idee entwickelt hatte.“

Lange's Werk*) enthält einen ausführlichen Abschnitt über die neueren Naturwissenschaften, aus welchem auch diese Stelle genommen ist, und beweist eine Kenntniß derselben, die ihm nicht nur in Deutschland, sondern auch im Ausland Anerkennung verschafft hat. Tyndall erwähnt es in seiner „Rede über Religion und Wissenschaft“ als ein Werk, dessen Geist und Buchstaben er sich gleichmäßig verpflichtet fühle. Wie schwer muß das Verhältniß von Induction und Deduction festzustellen sein, wenn selbst solche Forscher sich irren! Aber ein Irrthum liegt hier vor. Nach Auffindung der Marsbahn trat mit dem Schluß, daß die übrigen Planeten sich gleich verhalten würden, kein deductives Element ein. Die Deduction könnte nur heißen: „Alle Planeten bewegen sich in Ellipsen, folglich auch Mars.“

In Kepler's Verfahren sind 2 Inductionen enthalten: die erste schließt von den beobachteten Oertern auf alle Oerter, von einem Theil der Bahn auf die ganze Bahn des einen Planeten; die zweite von der Bahn des einen Planeten auf die Bahn aller Planeten.

Was hier Lange begegnete, einen inductiven Fall für deductiv zu halten, begegnete auch dem Erzbischof Whately. Mill sagt von ihm (S. 2), „ein Schriftsteller, welcher mehr als eine jede andere lebende Persönlichkeit beigetragen hat, um das Studium der Logik wieder auf die Stufe der Achtung zu erheben, von welcher es bei der gebildeten Classe unseres eigenen Landes herabgesunken war.“ Auch Macaulay nennt ihn in seinem Essay über Lord Bacon »that very able writer« und spricht von seiner Logik und seiner Rhetorik höchst anerkennend. Er ist auch sicherlich unter den englischen Gegnern Mill's der schärfste und trifft am häufigsten den Nagel auf den Kopf. Trotzdem verwechselt auch er an einer Stelle Induction und Deduction. Die Stelle heißt (Logik, S. 164): „Bakewell, der berühmte Viehzüchter, beobachtete in einer großen Zahl einzelner Thiere eine Neigung schnell fett zu werden, und in einer großen Zahl anderer die Abwesenheit dieser Constitution; in jedem Individuum der ersten Art beobachtete er eine gewisse eigenthümliche Gestalt, obgleich sie in Größe, Farbe ꝛc. weit von einander abwichen. Die von der andern Art wichen von einander nicht weniger in anderen Punkten ab, stimmten aber darin überein, daß sie von anderer Gestalt waren als die andern; diese Thatsachen waren seine data; indem er diese mit dem logischen Grundsatz verband,

---

*) Geschichte des Materialismus und Kritik seiner Bedeutung in der Gegenwart, von Fr. Alb. Lange.

daß die Natur in ihren Vorgängen stetig und gleichförmig ist, zog er logisch den Schluß, daß Thiere von jener Gestalt durchweg eine besondere Neigung haben, fett zu werden. Sein Hauptverdienst bestand darin, die Beobachtungen zu machen und sie so zu combiniren, daß er aus jedem unter einer Menge von Fällen, die sich in andern Beziehungen nicht glichen, die Umstände abstrahirte, in welchen alle übereinstimmten, und auch darin, die richtige Vermuthung zu treffen, wie weit diese Umstände wahrscheinlich in der ganzen Classe angetroffen werden würden. Das Anstellen solcher Beobachtungen und noch mehr die Combination, Abstraction und das Urtheilen ist das, was die Leute gewöhnlich meinen, wenn sie von Induction sprechen, und diese Operationen sind sicherlich verschieden von Schließen."

Whately gehört zu den glänzendsten Vertretern der Logik und tritt der Ueberschätzung der Induction kräftiger als irgend ein anderer englischer Schriftsteller gegenüber; aber hier hat auch er der Induction ein viel zu großes Zugeständniß gemacht. Wenn seine Worte » he logically drew the conclusion« den Sinn haben sollen, den sie nach dem Zusammenhang der Stelle haben, daß „einen logischen Schluß ziehen" so viel heißt als debuciren (denn warum hätte sonst Whately zu » he drew the conclusion« noch besonders hinzugesetzt logically),' so ist hier ein Fall des bloßen inductiven Verallgemeinerns als logischer Schluß aufgeführt und damit eine Verwechslung begangen, der sonst Niemand schärfer gegenübertritt als Erzbischof Whately. Inductive Verallgemeinerungen werden durch logische Schlüsse geprüft; wenn aber die ersten selbst logische Schlüsse genannt werden, so entsteht Verwirrung. Hätte Mill das Beispiel gebraucht, dem alles Schließen Induction ist, so wäre nichts dagegen zu erinnern; da es aber Whately gebraucht, welcher Induction und Syllogismus stets so scharf aus einander hält und beständig auf die Nothwendigkeit hinweist, die Induction durch logische Schlüsse zu prüfen, so sind die angeführten Worte nicht eine bloße Ungenauigkeit, sondern ein Beweis, wie schwer es ist, Induction zu bestimmen. Whately hat hier denselben Fehler begangen, wie Lange. Wie dieser meint, mit dem Schluß „die übrigen Planeten werden sich verhalten wie Mars", sei ein deductives Element eingetreten, so meint Whately, „die übrigen Thiere von einer gewissen Gestalt werden sich verhalten, wie die beobachteten," sei ein logischer Schluß. Daß die Worte, die als Obersatz dienen sollen, „die Natur ist in ihren Vorgängen stetig," nichts an der Sache ändern, sieht man, wenn man jenem Viehzüchter widerspricht. Man kann alle seine Beobachtungen annehmen, auch die Stetigkeit der Natur anerkennen, und ist doch noch frei, die Vermuthung über die nicht beobachteten Thiere anzunehmen oder abzulehnen. So tolerant aber ist der Syllogismus nicht.

Auch die Entfernung des Mondes von der Erde wurde nach Mill inductiv gefunden. Er analysirt das Verfahren und versichert: „In dieser Demonstration begegnen wir bei jedem Schritte einer neuen Induction; die Summe ihrer Resultate wird durch einen allgemeinen Satz repräsentirt."

Dagegen bemerkt Apelt: „Wenn Mill die Berechnung der Entfernung des Mondes als ein Beispiel für Induction anführt, so zeigt er, daß er von Induction keinen Begriff hat. Wenn man ein gegebenes Dreieck oder Viereck trigonometrisch auflöst, so macht man keine Induction, und wenn man die Bestimmungsstücke dieses Dreiecks oder Vierecks durch Messung sucht, so ist dies auch noch keine Induction. Die Induction schließt nicht von Thatsachen auf Thatsachen, sondern von Thatsachen aufs Gesetz. Die von Mill behauptete Identität des logischen Verfahrens, durch welches wir einzelne Thatsachen beweisen, mit demjenigen, durch welches allgemeine Wahrheiten gefunden werden, ist gar nicht vorhanden. Der Planet Neptun ist nicht inductorisch gefunden worden, sondern auf dem Weg der Demonstration aus dem Gravitationsgesetz."

Ein anderer Fall, über welchen die Meinungen weit aus einander gehen, ist Dr. Well's Thau= theorie. Herschel hatte zuerst darauf als eines der schönsten Beispiele von inductiver experimenteller Forschung innerhalb eines beschränkten Gebietes hingewiesen und ihm 5 Paragraphen seines kurzen, aber ausgezeichneten Werkes (discourse on the study of natural philosophy §§ 163—168) gewidmet. Mill hat es von ihm aufgenommen und dazu benutzt, seine 4 Methoden zu erklären.

Auch Apelt behandelt es mit einiger Ausführlichkeit und glaubt daran zeigen zu können, mit welcher Sicherheit die Induction nach leitenden Maximen einen Begriff suche, welchen die Hypothese nur aufs Gerathewohl annehme oder nach Wahrscheinlichkeit bestimme.

Whewell dagegen hält diese Untersuchung, in welcher Herschel und Mill und Apelt eines der schönsten Beispiele inductiver Forschung sehen, für gar nicht inductiv. Denn wenn sie auch oft als eine Original-Entdeckung gelobt worden sei, so habe sie doch nur das Phänomen des Thaus auf schon bekannte Wahrheiten zurückgeführt. Es war den Meteorologen im letzten Jahrhundert bekannt, daß die Feuchtigkeit, welche in unsichtbarem Zustand in der Luft sich befindet, durch Kälte zu Wasser verdichtet werden kann, und es war beobachtet worden, daß sich Wasser in feinen Tröpfchen auf Körpern zeigt, deren Temperatur man unter die Temperatur der Atmosphäre gebracht hat. Diese Sätze waren in England nicht allgemein bekannt, bis Dr. Wells sie in sein Werk über Thau aufnahm, und er selbst ist zu ihnen zum großen Theil durch seine eignen Experimente und Schlüsse geführt worden. Seine Erklärung wurde mit großem Scharfsinn begründet und ist eine sehr elegante Bestätigung der Theorie der constituirenden Temperatur; aber auch nicht mehr. Eine noch so elegante Bestätigung schon bekannter Wahrheiten ist keine Entdeckung einer neuen Wahrheit, folglich keine Induction.

Hier kommen wir zu dem wichtigsten Differenz-Punkt zwischen Mill und Whewell, zur Entscheidung der Frage: Wird in der Induction eine neue Vorstellung eingeführt oder nicht? Whewell bejaht sie. Die Induction sammelt allgemeine Wahrheiten aus einzelnen Thatsachen und in ihrem Herbst sind das Korn und der Schnitter, die Aehren und das umschlingende Band gleich nothwendig. Die einzelnen Thatsachen sind nicht blos vereinigt, sondern es ist der Combination ein neues Element durch den Act des Denkens, durch welchen sie combinirt werden, hinzugefügt worden. Wenn die Griechen, nachdem sie lange die Bewegungen der Planeten beobachtet hatten, sahen, daß diese Bewegungen betrachtet werden konnten als durch die Bewegung eines Rades an der Innenseite eines andern Rades hervorgebracht, so waren diese Räder Schöpfungen ihres Geistes, die sie den durch die Sinne wahrgenommenen Thatsachen hinzufügten. Aber sogar wenn diese Räder nicht mehr als materiell angenommen, sondern auf geometrische Kugeln und Kreise reducirt würden, so waren sie nichtsdestoweniger Producte des Geistes — etwas den beobachteten Thatsachen Hinzugefügtes. Dasselbe ist der Fall bei allen unseren Entdeckungen. Die Thatsachen sind bekannt, aber sie sind so lange unverbunden, bis der Entdecker aus seinen eigenen Mitteln das Princip des Zusammenhangs liefert. Die Perlen sind da, aber erst wenn Jemand die Schnur liefert, werden sie zusammenhängen. Die Entfernungen und Umläufe der Planeten waren eben so viele einzelne Thatsachen; durch Kepler's drittes Gesetz sind sie zu einer einzigen Wahrheit verbunden, aber die Vorstellungen, welche dieses Gesetz einschließt, wurden durch Kepler's Geist hinzugefügt und ohne diese halfen die Thatsachen zu nichts. Die Planeten beschrieben Ellipsen um die Sonne in den Augen Anderer so gut wie in den Augen Newton's; aber Newton faßte die Abweichung von der Tangente in diesen elliptischen Bahnen in einem neuen Lichte auf, als die Wirkung einer Centralkraft, die einem gewissen Gesetze folgt, und erst da wurde eine solche Kraft wirklich entdeckt. So wird in jeden Inductionsschluß eine allgemeine Vorstellung eingeführt, welche nicht von den Erscheinungen, sondern von dem Geist gegeben ist. Der Schlußsatz ist nicht in den Prämissen enthalten, sondern schließt sie durch die Einführung einer neuen Allgemeinheit ein. Um unsern Schluß zu erhalten, gehen wir über die Fälle, welche wir vor uns haben, hinaus; wir betrachten sie als bloße Exemplificationen eines idealen Falls, in welchem die Beziehungen vollständig und verständlich sind. Wir nehmen ein Maaß und messen die Thatsachen damit, und dieses Maaß ist von uns gemacht, nicht von der Natur dargeboten. Wir behaupten z. B., daß ein sich selbst überlassener Körper sich mit unveränderter Geschwindigkeit fortbewegen wird; nicht weil unsere Sinne uns je einen Körper gezeigt hätten, der dies thäte, sondern weil wir finden, daß alle wirklichen Fälle verständlich und erklärbar werden durch die Vorstellung von Kräften, welche Veränderung und Bewegung bewirken und von umgebenden Körpern ausgeübt werden. Ebenso sehen wir Körper auf einander stoßen, und so sich bewegen und anhalten, sich einander beschleunigen und verzögern; aber in allem diesem bemerken wir mit unsern Sinnen nicht jene abstracte Quantität „Bewegungsgröße", welche immer von dem einen Körper verloren wird, wie sie der andere gewinnt. Diese „Bewegungsgröße" ist eine Schöpfung des Geistes, zu den Thatsachen hinzugebracht, um ihre scheinbare Verwirrung in Ordnung, ihren Zufall in Gewißheit, ihre Mannigfaltigkeit in Einfachheit zu verwandeln.

Daher ist in jedem Inductionsschluß eine Vorstellung zu den Thatsachen hinzugefügt: Some Conception is superinduced upon the Facts, und wir dürfen dies als die eigentliche Bedeutung des Ausdrucks Induction betrachten. Allerdings ist das Wort nicht ursprünglich in dieser Bedeutung gebraucht worden, denn der eben hervorgehobene Zug ist allgemein übersehen worden. Doch das läßt sich leicht erklären. Obgleich in jedem Inductionsschluß ein Act der Erfindung erforderlich ist, wird dieser Act doch bald vergessen. Obgleich wir Thatsachen dadurch verbinden, daß wir eine neue Vorstellung noch zu ihnen hinzufügen, wird diese Vorstellung doch, nachdem sie einmal eingeführt und angewendet ist, bald als untrennbar mit den Thatsachen verbunden und nothwendig in ihnen enthalten angesehen. Haben die Menschen einmal in ihrem Geist Erscheinungen mittelst einer Vorstellung verbunden, so können sie dieselbe nicht mehr leicht in den losen, unzusammenhängenden Zustand bringen, in welchem sie waren, ehe sie verbunden wurden. Sind die Perlen einmal an einander gereiht, so scheinen sie durch ihre eigene Natur eine Kette zu bilden. Die Induction hat ihnen eine Einheit gegeben, die wir kaum wieder aufgelöst denken können. Wir denken uns z. B. die Erde rund, die Erde und die Planeten um die Sonne kreisend, und durch eine Centralkraft nach ihr gezogen; wir können kaum verstehen, wie es den Griechen und Copernicus und Newton so viel Mühe und Anstrengung kosten konnte, zu einer Ansicht zu gelangen, die uns so vertraut ist. Es sind nicht mehr Vorstellungen, die wir mit hartem Kampf erfassen und fest halten; es sind die einfachsten Arten die Thatsachen vorzustellen, es sind wirklich Thatsachen. Wir geben zu, daß wir jenen Entdeckern verpflichtet sind, aber wir fühlen es kaum, denn in welcher andern Art (so fragen wir in unserm Geist) könnten wir uns die Thatsachen vorstellen?

Deshalb wird dieser Schritt, die Erfindung einer neuen Vorstellung, in jedem inductiven Schluß so allgemein übersehen, daß er von früheren Philosophen kaum bemerkt worden ist. Selbst Aristoteles hat den Gegenstand behandelt, als ob es sich nicht um Erfindung, sondern um Beweis handle, nicht um Stoff, sondern um Form, als ob die Hauptsache wäre, nicht was wir behaupten, sondern wie wir es behaupten.

Hiergegen bemerkt Mill: „Die Vorstellung einer Ellipse muß sich dem Geiste Kepler's dargeboten haben, ehe er die Planetenbahnen mit ihnen indentificiren konnte. Nach Dr. Whewell war die Vorstellung etwas den Thatsachen Hinzugefügtes; er drückt sich so aus, als ob Kepler durch die Art und Weise, wie er sie sich vorstellte, etwas in die Thatsachen hineingelegt habe. Dies war nicht der Fall; die Ellipse war in den Thatsachen, ehe sie Kepler erkannte, so wie die Insel eine Insel war, ehe sie umsegelt worden war; was sich Kepler vorstellte, legte er nicht in die Thatsachen, sondern er sah es in ihnen. Eine Vorstellung begreift ein ihr entsprechendes Vorgestelltes ein, und obgleich die Vorstellung nicht in den Thatsachen, sondern in unserm Geiste ist, so muß sie, wenn sie ein Wissen mittheilen soll, die Vorstellung von etwas, das wirklich in den Thatsachen liegt, sein, von irgend einer Eigenschaft, welche sie besitzen und welche sie unsern Sinnen offenbaren würden, wenn diese fähig wären, Kenntniß davon zu nehmen. Wenn z. B. der Planet in dem Weltraume eine sichtbare Spur zurückließe und der Beobachter befände sich in einer festen Stellung oberhalb der Ebene der Bahn, und in einer solchen Entfernung, daß er die ganze Bahn übersehen könnte, so würde er sie als eine Ellipse sehen; und wenn er die geeigneten Instrumente und das Vermögen der Orts- veränderung besäße, so könnte er durch das Vermessen der verschiedenen Dimensionen beweisen, daß es in der That diese Curve ist. Ja sogar wenn die Bahn sichtbar wäre, und er wäre so placirt, daß er alle Theile derselben hinter einander, aber nicht auf einmal sehen könnte, so könnte er durch Aneinanderreihen seiner successiven Beobachtungen beides entdecken, daß es eine Ellipse ist, und daß der Planet sich in ihr bewegt. Der Fall würde dann genau dem des Schiffers gleichen, der durch Umsegeln eines Landes entdeckt, daß es eine Insel ist. Wenn die Bahn sichtbar wäre, so würde, glaube ich, Niemand bezweifeln, daß, sie mit einer Ellipse identificiren, sie beschreiben hieße, und ich sehe nicht, wie es einen Unterschied machen könnte, daß sie nicht den Sinnen direct zugänglich ist, wenn ein jeder Punkt so genau bestimmt ist, als wenn sie es wirklich wäre."

Es ist interessant, die beiden englischen Denker über einen Punkt nach Klarheit ringen zu sehen, den erst die neueste Zeit durch die Lehre von der Intellectualisirung der Anschauung ins Reine gebracht hat. Sie vertreten Beide ganz verschiedene Richtungen, Whewell ist Kantianer, Mill ist Empirist, aber darin sind Beide einig, daß die Induction Neues findet, und daß nur das Induction ist, was dies thut. Beide sind beherrscht von Baco's Geist, sie suchen Beide nach der Erfindungskunst. Aber Mill geht weiter als Whewell, so wenig es auch nach dieser Controverse scheint. Deshalb ist ihm die Kepler'sche Induction unangenehm, weil hier das Rathen deutlich hervortritt. Wo bliebe die Sicherheit der Wissenschaft, wenn sie durch Rathen fortschritte!

Man kann nicht sagen, daß Mill die Blößen, welche sein Gegner gab, scharf gesehen und geschickt benutzt hätte. Sonst hätte er ihn an dem unglücklichen Bild packen müssen „die Aehren und das umschlingende Band sind gleich nothwendig;" oder „die Perlen sind da, aber sie hängen erst zusammen, wenn Jemand die Schnur liefert." Garben können auf die verschiedensten Arten zusammen- gebunden, Perlen auf die verschiedensten Arten an einander gereiht werden. Aber so war es mit Kepler's Beispiel nicht. Auch zieht Mill nicht ein einziges anderes Beispiel zur Vergleichung herbei, und doch lagen solche nahe genug, auch solche, mit denen man experimentiren kann, worauf die Induction mit Recht so großen Werth legt. Wenn wir auf verwittertem Stein eine Inschrift entziffern wollen, verfahren wir da anders als Kepler, oder nicht? Wir rathen und verwerfen, wird Whewell sagen, bis wir den Sinn getroffen haben, bis unser Rathen zu einem Errathen geworden ist. Die fehlenden Buchstaben hat unser Geist ergänzt, er hat also zu den Thatsachen etwas hinzugefügt. Aber, könnte Mill antworten, wenn die Buchstaben sich nun bei näherer Untersuchung gar nicht so verwittert zeigten, wenn etwa nach einem Regen, der den Staub oder Schmutz abgewaschen, oder bei hellerer Beleuchtung sie so deutlich hervorträten, daß wir sie jetzt lesen könnten, und es sich nun herausstellte, daß wir richtig gemuthmaßt hatten, haben wir dann noch etwas zu den Thatsachen hinzugefügt?

Die richtige Antwort ist ja und nein; ja, zu den damals vorliegenden Thatsachen; nein, zu den vollständig vorliegenden. So lange ihm nur Theile vorlagen, hat der Geist etwas hinzugefügt; sobald das Ganze vorliegt, ist er befriedigt. Das Ganze kann man nicht sehen, wenn nur Theile vorliegen; deshalb hat Mill Unrecht zu sagen, Kepler habe die Ellipse in den beobachteten Oertern gesehen. Ich wundere mich, daß Whewell diese Antwort nirgends gegeben hat. Aber darin hat Mill Recht, daß die Ergänzung nur dann Werth hat, wenn das vollständige Ganze, falls es einmal gesehen werden könnte, auch so gesehen würde, wie die neue Vorstellung es verlangt.

Wenn wir eine Ellipse, um bei diesem Beispiel zu bleiben, hinzeichnen, aber so fein, daß man sie nur aus der Nähe sehen kann, einige Punkte derselben jedoch stark genug hervortreten lassen, um sie aus der Ferne zu erkennen, so hängt es nur von unserm Standpunkte ab, ob wir die Figur errathen oder sehen wollen. Was hier die Verschiedenheit des Orts bewirkte, kann mit leichter Ver= änderung des Versuchs die Verschiedenheit der Zeit bewirken. Wenn wir eine feurige Kohle in einer Ellipse bewegen, einmal sehr langsam, ein anderes Mal sehr schnell, so rathen wir das erste Mal, das zweite Mal sehen wir.

Wenn wir in einem Classiker eine schwierige Stelle lesen, sie wenden und drehen, bis wir sie endlich herausgebracht haben, hat da unser Geist etwas zu den Thatsachen hinzugefügt oder hat er nur Thatsachen wahrgenommen? Wenn das letztere der Fall ist, warum haben wir denn die Stelle nicht gleich verstanden? wenn aber etwas zu den Thatsachen hinzugefügt worden ist, wo ist es denn?

Wenn ich beim Lesen mich verlese, wenn ich, angekommen an dem Schluß des Satzes, keinen Sinn finde, dann wieder anfange und meinen Fehler bemerke, wer hat sich geirrt, das Auge oder der Geist?

Ich sehe zwei parallele Linien vor mir auf dem Papier; das ist doch eine Thatsache? Nein. Denn ich kann sie, ohne ihre Lage zu verändern, convergiren und divergiren lassen. Ich erinnere mich dieses schönen Experimentes, das mir einst Prof. Zöllner zeigte, und das ich seitdem in seinem so berühmt gewordenen Buche „Ueber die Natur der Cometen; Beiträge zur Geschichte und Theorie der Erkenntniß" abgedruckt fand. Ich brauche nur einige Linien in bestimmter Richtung durch beide Parallellinien zu legen, und die Täuschung ist fertig. Zöllner hatte dieselbe zufällig an einem für Zeugdruck bestimmten Muster beobachtet, hat sie dann in Poggendorff's Annalen veröffentlicht und seitdem eingehend studirt. Die Versuche, die auch Helmholtz behandelt hat, die aber bis zu gewissem Grad Jeder leicht selbst anstellen kann, führten Zöllner zu dem Ergebniß (S. 389): „Die Vor= stellungen von Parallelismus oder Nichtparallelismus zweier geraden Linien einerseits und diejenigen von der Ruhe oder Bewegung eines Körpers andererseits sind nicht unmittelbare Ergebnisse der sinnlichen Wahrnehmung, sondern Resultate von logischen Schlüssen, welche wir mit Hülfe der reflec= tirenden oder vergleichenden Thätigkeit unseres Verstandes aus den durch das Auge gegebenen Beobach= tungsdaten ableiten, ganz in derselben Weise, wie dies in der Wissenschaft aus den erst mühsam gesammelten Beobachtungsgrößen auf eine uns bewußte Weise zu geschehen pflegt. Nur die große Geschwindigkeit dieser sehr schnell auf einander folgenden Verstandesoperationen verhindert es, daß uns dieselben einzeln zum Bewußtsein kommen."

Durch solche Thatsachen, welche mit einfachen Hülfsmitteln quantitative Bestimmungen über die Resultate von unbewußten Verstandesoperationen zu sammeln gestatten, eröffnet sich die Aussicht zur Begründung und Entwicklung einer Experimentalpsychologie.

Bleiben wir hier aber bei dem einfachsten Resultat dieser neuen Wissenschaft stehen. Von der unmittelbaren Empfindung eines Gegenstandes kann nicht mehr die Rede sein, vielmehr kommt die Vorstellung eines solchen überhaupt erst durch die in der Empfindung unbewußt thätige Anwendung der Verstandesfunctionen zu Stande. Auf dem Gebiet der Erkenntnißtheorie reicht die Naturwissen= schaft der Philosophie die Hand. Die Physiologie der Sinnesorgane kommt auf ihrem empirischen Weg zu einem Resultat, welches mit den fundamentalsten Lehren der deutschen Philosophie auffallend übereinstimmt. Dieses Resultat ist die Jntellectualisirung der Anschauungsthätigkeit, in welcher Windelband (Ueber die Gewißheit der Erkenntniß) mit Recht eine der großartigsten und werthvollsten

Thatsachen in der Geschichte der Wissenschaften sieht. Hier haben die deductive und die inductive Methode, die sich in der Entwicklung des Denkens so oft gegenüberstanden, in endlicher Versöhnung von einem überaus wichtigen Punkt gemeinschaftlich Besitz genommen.

Wir erstaunen, daß Parallellinien durch Einzeichnen einiger Striche ihren Parallelismus verlieren sollen. Ich erlaube mir dazu eine Bemerkung zu machen, die ich bei Zöllner nicht gefunden habe. Ich glaube, nicht darüber sollten wir erstaunt sein, daß Linien durch irgend ein Mittel ihren Parallelismus verlieren, sondern darüber, daß sie ihn überhaupt je hatten. Ich sehe zwei Eisenbahnschienen vor mir. Je weiter sie von mir weglaufen, um so mehr nähern sie sich einander. Daß sie parallel sind, weiß ich; aber sehe ich es auch? Wenn die Schienen nur ganz kurz wären, so würde ich es auch sehen, d. h. ich würde glauben es zu sehen. Daß ich es aber nicht wirklich sehe, zeigt die Schwierigkeit, in welche die Frage bringt, bis wohin sieht man die Schienen parallel? Da sie in der Entfernung convergiren, in der Nähe aber parallel sind, so muß irgendwo ein Punkt sein, wo der Parallelismus aufhört und das Convergiren beginnt. Wo ist nun dieser Punkt? Nirgends. Die Linien convergiren gleich von Anfang an und wenn wir glaubten, Parallellinien zu sehen, so haben wir uns getäuscht; wir haben nie Parallellinien gesehen. Was wir zu sehen glaubten, haben wir nur geschlossen.

Daß wir Parallellinien sehen, war bis vor Kurzem ein Factum. Da kommt eine Beobachtung, daß unter gewissen Umständen der Parallelismus verschwindet, und dann ergibt die theoretische Betrachtung, daß er nie bestanden haben kann.

Eine Reihenfolge ähnlicher Betrachtungen würde uns überzeugen, daß überall wie hier Sehen und Schließen sich durchdringen. Nur die Deutlichkeit, mit der uns das Schließen zum Bewußtsein kommt, macht den Unterschied; nur sie läßt uns zwischen Mill's „Factum" und Whewell's „neuer Vorstellung, die der Geist noch hinzubringt", unterscheiden.

Entdeckungen können aber auf doppelte Art gemacht werden, entweder indem der Geist dem, was er beobachtet hat, etwas hinzufügt, oder indem er etwas davon wegnimmt.

Ueber die erste Art sahen wir die Autoritäten in Streit, ob hier Induction vorliege, oder nicht; sehen wir jetzt zu, ob sie über die zweite Art einiger sind. Ist Galilei's Satz, daß die Bewegung eines sich selbst überlassenen Körpers gleichförmig und gradlinig ist, so lange nicht äußere Hindernisse dagegen wirken, durch Induction gefunden oder nicht? Whewell sagt „ja" (Geschichte der inductiven Wissenschaften, übersetzt von Littrow, Band II, Seite 21). Apelt (Seite 60) sagt „nein." „Es kam hier nicht darauf an, wie bei der Induction durch Beobachtung und Experiment einen neuen Oberbegriff eines zu bildenden Schlusses zu finden. Das Gesetz spricht, wie Whewell selbst bemerkt, von Körpern, auf die keine äußere Kraft einwirkt, ein Fall, der in der That nie vorkommt und daher auch nicht beobachtet werden kann. Auf dem Weg des Experiments konnte nur soviel bewiesen werden, daß mit Verminderung des Widerstandes auch die Verzögerung kleiner wird. Und derartige Experimente hat erst lange nach Galilei Hooke angestellt. Aber es bedurfte derselben gar nicht erst zur Erkenntniß der Richtigkeit und allgemeinen Gültigkeit dieses Gesetzes. Das Gesetz der Trägheit leuchtet von selbst ein, sobald wir bei der Bewegung eines Körpers von allen Einflüssen äußerer Dinge abstrahiren und den richtigen Begriff von Materie mitbringen. Es versteht sich von selbst, daß bei einer Substanz wie die Materie, deren wesentliche Grundeigenschaft Leblosigkeit ist, es keine innere, sondern nur äußere Ursachen der Veränderung ihrer Zustände geben könne, und daß daher eine solche Substanz ohne äußere Einwirkung in dem Zustande beharren müsse, in dem sie sich gerade befindet, sei dieses nun der Zustand der Ruhe oder der der Bewegung."

Wir wollen uns hier nicht auf eine Kritik der Stelle einlassen, sonst könnten wir fragen, ob der Begriff von Materie, welchen Apelt mitbringt, allgemein als der richtige anerkannt sei, oder ob die Formulirung dieses Begriffs nicht heute noch eine Aufgabe der Wissenschaft sei; wir wollten nur zeigen, welche Unsicherheit in dem Begriff der Induction liegen müsse, wenn auch über diesen Fall wieder die Ansichten aus einander gehen und zwar die Ansichten von Männern, die sich nicht wie Mill und Whewell auf verschiedenen philosophischen Standpunkten befinden, sondern die beide die philosophische Grundanschauung theilen. Beide sind Aprioristen im Sinne Kant's, aber diese Uebereinstimmung hindert nicht ein Auseinandergehen über die vorliegende Frage. Das Gesetz der Trägheit ist durch Induction gefunden, sagt Whewell; das Gesetz der Trägheit ist nicht durch Induction gefunden und konnte gar nicht durch Induction gefunden werden, sagt Apelt.

Fragen wir, wie Galilei auf dieses Gesetz gekommen sei, so hören wir, daß auch er anfangs falsche Vorstellungen davon hatte, daß er wie alle Mathematiker seiner und der früheren Zeit voraussetzte, die Erhaltung einer schon bestehenden Bewegung erfordere eine besondere Kraft, daß auch er die Kraft als eine innere Eigenschaft des bewegten Körpers betrachtete und daß auch er anfangs die Ursache der Erhaltung einer Bewegung von der Ursache der Entstehung und Veränderung derselben nicht unterschied. Wie kam er nun darauf einen Unterschied zu machen, welchen seit Aristoteles Niemand gemacht hatte? oder fragen wir lieber zuerst, warum kam Kepler nicht darauf? An den nöthigen Kenntnissen fehlte es ihm doch so wenig, wie an der Erfindungsgabe. Warum ist er nun doch nicht darauf gekommen? Eine schwierige Frage, aber Apelt glaubt sie beantworten zu können (Seite 62): „Frägt man, warum Kepler anscheinend so einfache und einleuchtende Grundwahrheiten, denen er dennoch so nahe gekommen war, nicht gefunden hat, so ist die Antwort darauf diese: Kepler ging den Weg der Induction und gelangte dadurch zu seinen astronomischen Entdeckungen, Galilei ging den Weg der Abstraction und gelangte dadurch zur Gründung einer neuen Wissenschaft, der Phoronomie und Mechanik. Es sind Wahrheiten ganz verschiedener Classen, mit denen es diese beiden Männer zu thun hatten. Die Gesetze Kepler's sind allgemeine Erfahrungswahrheiten, das Gesetz der Trägheit sowie das der Relativität aller Bewegung sind dagegen nothwendige Vernunftwahrheiten. Jene werden a posteriori und diese a priori erkannt. Der Weg der Induction, den Kepler einschlug und verfolgte, konnte nicht zu diesen Wahrheiten führen und daraus erklärt es sich einfach, warum er sie verfehlt hat.“

Das Gesetz der Trägheit ist eingesehen worden, wie die Axiome der Geometrie, nicht durch Beobachtung, sondern durch Abstraction und ist deshalb so gewiß wie diese. Bessel sagt zwar (in seiner Abhandlung über Wahrscheinlichkeitsrechnung): „Gewiß ist nur, was die unmittelbare Beobachtung gegeben hat, oder was daraus durch eine Reihe richtiger, meistens mathematischer Schlüsse abgeleitet worden ist“, und diese Behauptung wird von den Meisten, welche sich mit der Theorie der Induction beschäftigt haben, angenommen. Aber nach Apelt ist sie dennoch falsch. Es gibt noch eine andere Quelle von Erkenntnissen, die von der Beobachtung unabhängig ist, und die Wahrheit dieser Erkenntnisse ist nicht weniger gewiß, da sie nicht blos von assertorischer, sondern sogar von apodictischer Gültigkeit sind. Diese Wahrheiten erkennt man durch Abstraction. Abstraction sowohl wie Induction ist ein regressiver Gedankengang, d. h. ein Rückgang vom Besondern zum Allgemeinen. Aber die Art dieses Zurückgehens ist bei Beiden gänzlich verschieden. Die Induction geht durch Beweise, die Abstraction durch Zergliederung rückwärts. Die Induction als das Fundament aller Wissenschaften und als die Quelle aller allgemeinen Wahrheiten zu betrachten, zeigt, daß man ihre logische Form nicht kennt. Die Induction beweist die Gültigkeit eines Gesetzes aus vielen Fällen, die Abstraction weist die Gültigkeit eines Gesetzes an einem einzigen Beispiel auf. Zur Induction gehört die Kenntniß aller oder wenigstens vieler Fälle; der Abstraction genügt schon ein einziger Fall. Auf Apelt's Seite stellt sich auch Lotze (Logik S. 585). „In diesem Sinn ist die reine Mechanik eine apriorische Wissenschaft; viele ihrer Sätze mag immerhin die Erfahrung zuerst angedeutet und das Suchen nach ihnen veranlaßt haben; gefunden und in die genaue Gestalt eines Gesetzes sind sie alle gebracht worden nicht auf Zeugniß wiederholter Wahrnehmungen, sondern durch eine Gedankenarbeit, die in einem vorgestellten reinen Fall mit unmittelbarer Klarheit das Selbstverständliche sah und verwickelte Fälle auf einfache zurückzuführen Mittel fand."

Gibt es Wahrheiten, die unmittelbar als allgemeingültig erkannt werden? Die Aprioristen sagen „ja". Woran erkennt man solche Wahrheiten? An der Evidenz, mit der sie sich dem Bewußtsein aufdrängen und Anerkennung verlangen, ohne sie durch einen Beweis ihrer Richtigkeit zu erzwingen. Täuscht diese Evidenz nie? Doch; „gewiß kann", gibt Lotze zu, „die Ruhe und das streitlose Gleichgewicht des Gemüths, in welchem die Evidenz einer Erkenntniß, als psychischer Vorgang betrachtet, zuletzt besteht, auch durch Vorstellungsverknüpfungen von keineswegs allgemeiner Geltung hervorgebracht werden." In was unterscheidet sich nun die rechte Evidenz von der falschen? Nur in den Folgen. Die eine führt zu Wahrem, die andere zu Falschem. So unterscheidet sich aber auch die wahre Induction von der falschen. Ob wir richtig verallgemeinert haben, erkennen wir durch Deduction; ob wir richtig abstrahirt haben, erkennen wir auch durch Deduction. Ohne diese sind Induction und Abstraction gleich unsicher und unzuverlässig. Wie also ein Satz auch gefunden sein mag, ob durch Induction oder durch Abstraction, über den Grad seiner Gewißheit ist damit noch nichts gesagt, und in so weit wird der Streit zwischen Apelt und Whewell gegenstandlos. Aber während wir sagen, wenn auch das Gesetz der Trägheit durch Abstraction gefunden ist, ist es deshalb noch nicht nothwendig wahr, sagt Whewell, das Gesetz der Trägheit ist zwar durch Induction gefunden, aber es ist doch nothwendig wahr. „Niemand kann bezweifeln, daß die Gesetze der Bewegung aus der Erfahrung geschlossen wurden. Daß dies der Fall ist, ist kein Gegenstand der Vermuthung. Wir kennen die Zeit, die Personen, die Umstände, welche einem jeden Theil der Entdeckung angehören. Obgleich die Entdeckung des ersten Gesetzes der Bewegung, historisch gesprochen, vermittelst des Experiments gemacht wurde, so sind wir jetzt zu einem Gesichtspunkt gelangt, von dem aus wir sehen, daß es gewiß unabhängig von der Erfahrung als wahr hätte erkannt werden können." Darüber gerieth er in einen lebhaften Streit mit Mill. Er ermahnte diesen, der den Unterschied zwischen nothwendigen und zufälligen Wahrheiten nicht anerkennen wollte, Geometrie zu studiren, dann werde ihm der Unterschied klar werden. Dieser versicherte, die Bedingung treulich erfüllt zu haben, ermahnte seinerseits Whewell die Gesetze der Ideenassociation zu studiren, denn eine mäßige Vertrautheit mit diesen Gesetzen reiche hin, um die Illusion zu zerstören, welche unseren frühesten Inductionen aus der Erfahrung eine besondere Nothwendigkeit zuschreibt und die Möglichkeit der Dinge an sich nach der menschlichen Fähigkeit sie zu begreifen bemißt. Als Beweis für die Wirkung der Ideenassociation, durch welche einer experimentellen Wahrheit der Anschein einer nothwendigen gegeben wird, führt er Whewell selbst an, der in seiner Philosophie der inductiven Wissenschaften fortwährend erzähle, mit welchem Aufwand von Genie und Geduld einzelne Sätze festgestellt worden seien, dann aber sich wundere, daß so evidente Sätze nicht von Anfang an erkannt worden seien. „Die Gesetze der Bewegung," sagt Mill, „waren nicht allein nicht inductiv bewiesen, sondern einige davon waren sogar ursprünglich paradox. Besonders war es das erste Gesetz. Daß ein Körper, wenn er einmal in Bewegung ist, sich fortwährend in derselben Richtung und mit derselben Schnelligkeit bewegt, wenn nicht eine neue Kraft auf ihn wirkt, war ein Satz, den zu glauben die Menschen lange Zeit hindurch die größte Schwierigkeit fanden. Er widerstritt anscheinend der gewohnten Erscheinung, welche lehrte, daß es in der Natur der Bewegung liege, daß sie allmälig abnimmt und zuletzt von selbst aufhört. Aber nachdem die entgegengesetzte Lehre einmal feststand, fingen die Mathematiker sogleich an, diese dem ersten Anschein so widersprechenden Gesetze, welche sogar nachdem sie bewiesen waren, erst nach Generationen dem Geist der wissenschaftlichen Welt geläufig wurden, als unter einer demonstrirbaren Nothwendigkeit stehend zu betrachten, welche sie zwingt, so zu sein, wie sie sind und nicht anders. Kann man ein schlagenderes Beispiel von der Ideenassociation anführen? Die Philosophen finden Generationen hindurch die größte Schwierigkeit, gewisse Ideen zusammenzustellen, am Ende gelingt es ihnen; nach einer hinreichenden Wiederholung des Prozesses denken sie sich zuerst ein natürliches Band zwischen den Ideen, sie erfahren sodann eine zunehmende Schwierigkeit sie von einander zu trennen und diese Schwierigkeit wird bei Fortsetzung desselben Prozesses zuletzt zu einer Unmöglichkeit. Wenn dies der Fortschritt einer experimentellen Ueberzeugung ist, die von gestern her datirt, und die dem ersten Anschein widerstreitet, wie muß es mit den Ueberzeugungen sein, welche mit den Erscheinungen übereinstimmen, mit denen wir seit dem ersten Geistesdämmern vertraut sind, mit den Ueberzeugungen, an deren Folgerichtigkeit von der frühesten Erinnerung des menschlichen Gedankens an kein Skeptiker auch nur einen Augenblick Zweifel hegte."

Wie die Gesetze der Bewegung gefunden worden sind, sind es nach Whewell auch die Gesetze der chemischen Verbindung. Gewiß sind diese letzteren durch Induction, d. h. Summation aus ihren einzelnen Beispielen entstanden, auch sagt kein deutscher Philosoph der Kautischen Schule, sie seien durch Abstraction gefunden worden. Trotzdem sieht Whewell auch hier eine nothwendige Wahrheit. „Ohne mühsame und genaue Versuche hätten sie gewiß niemals klar verstanden und deshalb auch nicht aufgestellt werden können; und dennoch dürfen wir sagen, daß, nachdem sie einmal bekannt waren, sie einen Beweis für sich haben, der über die Erfahrung hinausgeht. Denn wie können wir uns Verbindungen anders vorstellen als der Art und Quantität nach bestimmt?" Nach einem heftigen Angriff von Mill, der diesen Fall die reductio ad absurdum der Unbegreiflichkeitstheorie genannt hatte, schränkte Whewell seine Behauptung ein wenig ein: er sage nicht, daß die Menschen im Allgemeinen jetzt wahrnehmen könnten, daß das Gesetz der bestimmten Gewichtsverhältnisse chemischer Verbindungen eine nothwendige Wahrheit sei, aber bei künftigen Generationen könnten es vielleicht philosophische Chemiker. „Manche Wahrheiten kann man durch Intuition sehen, aber dennoch kann deren Intuition eine seltene und schwierige Acquisition sein."

Gewiß; aber wir könnten dieselben Fragen wiederholen, die wir oben über den Beweis durch Evidenz aufwarfen und würden bald einsehen, daß es auch hier kein anderes Kennzeichen der Wahrheit gibt als das Uebereinstimmen aller Consequenzen mit anerkannten Wahrheiten, daß also auch hier die Art der Entdeckung über den Werth der Entdeckung nicht entscheidet.

Ein Satz ist wahr, so lange er nicht widerlegt ist. Wir mögen nach negativen Instanzen noch so fleißig gesucht haben, ohne eine zu finden, wir sind doch nie sicher, daß nicht plötzlich eine erscheint. Ein einziger Fall genügt, um zu widerlegen. Wie viele aber sind erforderlich, um zu beweisen? „In wie vielen Monaten," fragt Macaulay,*) „würden die ersten menschlichen Wesen, die sich an den Küsten des Oceans ansiedelten, gerechtfertigt gewesen sein, zu glauben, daß der Mond einen Einfluß auf Ebbe und Fluth habe? Nach wie vielen Experimenten würde Jenner gerechtfertigt gewesen sein zu glauben, daß er eine Sicherung gegen die Kinderpocken entdeckt habe?" und Mill schreibt: „Warum ist in manchen Fällen ein einziges Beispiel zu einer vollständigen Induction hinreichend, während in anderen Fällen Myriaden übereinstimmender Fälle, ohne eine einzige bekannte

---

*) Macaulay, Lord Bacon.

ober nur vermuthete Ausnahme, einen so kleinen Schritt zur Festsetzung eines allgemeinen Urtheils thun? Wer diese Frage beantworten kann, versteht mehr von der Philosophie der Logik, als der erste Weise des Alterthums; er hätte das große Problem der Induction gelöst."

Man hätte denken sollen, Beispiele, in denen es möglich ist zu beweisen, daß die Zahl der möglichen Fälle erschöpft ist, daß neue Fälle, die etwa widerlegen könnten, nie zu fürchten sind, würden als eine Art Ideal von den Lehrern der Induction aufgestellt werden.

Aber gerade das Gegentheil ist geschehen. Baco nennt solche Induction eine res puerilis, Whately schließt sich ihm an und sein Beispiel: „A und B und C und D sind in England; A und B und C und D sind alle Kinder des N. N., folglich sind alle Kinder des N. N. in England" verdient auch wirklich keinen besseren Namen. Die Fälle vollständiger Induction, welche dem Bewußtsein vorschwebten, waren trivial, folglich sind alle Fälle vollständiger Induction trivial. Das ist ein Schluß der Induction, aber was ist er auch werth? Es ist Apelt's Verdienst, die Falschheit dieser Behauptung nachgewiesen und die vollständige Induction zu der ihr gebührenden Ehre gebracht zu haben. Dafür wird er auch von Rémusat*) genannt »un écrivain allemand qui le premier à ma connaissance parmi ses compatriotes a parlé de l'induction en philosophe«. Und woburch widerlegt Apelt die englischen Philosophen? Einfach durch Beispiele aus der Mathematik (S. 34). „Ein Beispiel einer vollständigen Induction ist die sogenannte Bernoulli'sche Induction für das Gesetz der Coefficienten des Binomiums mit ganzen bejahten Exponenten. Die Coefficientenbildung wird für $(1 + x)^{m+1}$ aus $(1 + x)^m$ entwickelt und dann gezeigt, daß sie für $(1 + x)^2$, $(1 + x)^3$, $(1 + x)^4$ ... also auch für jedes folgende Glied der Reihe giltig ist.

So beweist die Geometrie durch drei Fälle, daß der Centriwinkel noch einmal so groß ist, als der Peripheriewinkel auf demselben Bogen.

Entweder liegt ein Schenkel des Peripheriewinkels in dem Durchmesser des Kreises durch die Scheitel der beiden Winkel, oder jeder Schenkel liegt auf einer anderen Seite dieses Durchmessers, oder beide Schenkel liegen auf einer Seite desselben. Diese drei Fälle sind nur möglich.

Im ersten Fall folgt der Satz aus dem Gesetz der Zeichnung gleichschenkliger Dreiecke; im zweiten Falle ist nur der erste zweimal dargestellt; im dritten wiederholt sich ebenfalls der erste zweimal.

Also gilt der Satz allgemein."

Aber auch für die Trüglichkeit der unvollständigen Induction gibt Apelt (S. 46) ein gutes Beispiel aus der Mathematik.

„Wir finden

$$2^3 - 1 = 7$$
$$2^5 - 1 = 31$$
$$2^7 - 1 = 127$$

Wir können daraus folgern: Jede ungerade Potenz der 2 um 1 vermindert, d. i.

$$2^{m+1} - 1$$

ist eine Primzahl.

Aber wollten wir von diesen Fällen der Giltigkeit der Regel auf ihre Allgemeingiltigkeit schließen, so würde uns schon der nächste Schritt die Falschheit dieses Schlusses zeigen. Denn

$$2^9 - 1 = 511 = 7 \cdot 73.$$

Lotze (Seite 270) zeigt noch mehr Anwendungen von der „vollständigen Induction oder dem collectiven Beweis. Man ist zu ihm sehr oft genöthigt; so ist es nicht immer möglich, einen Satz T

---

*) Bacon, sa vie, son temps, sa philosophie par Ch. de Rémusat de l'académie française.

zugleich und auf einmal für ganze und gebrochene, positive und negative, rationelle und irrationelle, reelle und imaginäre Größen zu beweisen; aber jede einzelne dieser Arten von Größen kann eine besondere Handhabe darbieten, um zunächst für sie allein T festzustellen; sind wir nun sicher, die möglichen einzelnen Anwendungsfälle von T sämmtlich umfaßt zu haben, also in diesem Falle: sind wir sicher, daß außer den genannten keine andern Arten von Größen denkbar sind, so gilt nun T von allen Größen überhaupt. Es wird dann ganz gewiß in dem allgemeinen Begriff der Größe an sich selbst irgend ein Grund liegen, der diese allgemeine Geltung möglich macht, gleichwohl kann man nicht immer oder doch nicht immer mit hinlänglicher Evidenz und Klarheit diesen Grund aufzeigen; dann bleibt der collective Beweis unentbehrlich."

Die Rehabilitirung der vollständigen Induction ist ein wichtiger Schritt in der Theorie der Induction. Aber dieser Schritt führt nicht über Aristoteles hinaus; denn dieser hatte von der vollständigen Induction nicht geringschätzig gesprochen; er ist nur die Beseitigung eines durch die englische Schule eingeführten Irrthums.

Die große Unsicherheit in der Theorie der Induction wird in den Augen einiger Schriftsteller gut gemacht durch die glänzenden Erfolge der inductiven Methodenlehre.

Daß die Naturwissenschaften glänzende Methoden der Untersuchung sich geschaffen haben, gebe ich zu; aber die Aufzählung und Beschreibung derselben in einem Werke über Induction ist noch kein Beweis, daß die Induction sie hervorgebracht habe. Man täuscht sich darüber leicht, weil die neueren Schriftsteller zu Beweisen für den Werth ihrer Methoden fertig vorliegende, mit Entdeckungen endende, glänzende Untersuchungen wählen. Sie sind eben vorsichtig geworden. Aber Baco, der diese Vorsicht noch nicht gelernt hatte, der mit seinen Methoden selbst Entdeckungen machen, nicht fremde Entdeckungen erklären wollte, ist ein sprechender Beweis dafür, wie wenig Tendenz in einem bloßen Mittel liegt, selbst glänzend begabte Menschen, zu denen doch Baco sicherlich gehörte, zu neuen Wahrheiten zu führen. Der Eindruck, den die vielen im Novum Organon erörterten Methoden machen, läßt sich am besten aus den Worten seines Commentators von Kirchmann ersehen: „Es erhellt, daß solche Grundlagen für die Induction zu keinem wahren Ergebniß führen können, und es zeigt sich, daß die inductive Methode Baco's eben so sehr von gereinigten Begriffen bedingt ist, welche das Unpassende fern halten, wie umgekehrt diese Methode wieder zu richtigeren Begriffen und Gesetzen führt. Indem die Methode sich so gleichsam im Kreise dreht, erklärt es sich, weshalb der Fortschritt in der Naturwissenschaft nur so langsam geht und wie er weniger von einer bestimmten Methode als von den Conceptionen genialer Männer bedingt ist, welche einzelne wahre Grundbegriffe aus dem Wirrwarr des Einzelnen und dem Wust falscher Auffassungen herausheben und damit erst die Induction selbst auf den rechten Weg bringen. Ohne Anhalt solcher Grundbegriffe kann das Verkehrteste und Verschiedenste zusammengestellt werden, wie Baco's Beispiele zeigen, die mehr schaden als fördern."

Herschel und Mill und Whewell stellen sich nicht wie Baco eine Aufgabe, die sie mit Hülfe neuer Mittel lösen wollen, sondern sie zergliedern eine schon gelöste Aufgabe, die Bestimmung der Planetenbahnen, die Erklärung des Thaues, Entdeckungen von Liebig ꝛc. Sicherlich ist das sehr werthvoll; aber das ist auch die Zergliederung eines Sophoklei'schen oder Shakespeare'schen Dramas; und die Zusammenstellung solcher Zergliederungen nach wissenschaftlichen Gesichtspunkten mag eine recht tüchtige Aesthetik liefern. Aber hat je eine Aesthetik ein werthvolles Drama geschaffen? Lessing's große Entdeckung liegt im Laokoon vor uns. Jeder Deutsche kennt sie, es kennt sie das Ausland, das in einem seiner glänzendsten Vertreter, Macaulay, Lessing dafür den Titel gibt: „Ohne allen Zweifel der erste Kritiker Europas." Sie trägt einen unverkennbar inductiven Charakter; sie vergleicht Dinge mit einander, die zu vergleichen Wenigen vorher eingefallen war, sie erhebt sich von Stufe zu

Stufe, sie lehrt nicht nur das Daß und das Wie, wie die Kepler'schen Gesetze, sondern auch das Warum, wie Newton's Gravitationsgesetz; sie steigt zu einer Höhe der Allgemeinheit, daß die Deduction von den evidentesten Begriffen ausgehen kann, und Apelt, wenn er darüber geschrieben hätte, vielleicht die Worte gebraucht haben würde, sie sei nicht durch Induction, sondern durch Abstraction gefunden worden, sie bedürfe keines Beweises, sie sei klar an sich wie die Axiome der Geometrie. Aber gebrauchen wir nun einmal die Phantasie, wozu Schopenhauer sie zu gebrauchen anräth, und denken wir uns diesen großen geistigen Besitz als abwesend; denken wir uns, wir wären noch in dem Zustand des Zweifels und der Ungewißheit, den Goethe so schön beschreibt, in der geistigen Nacht, die jener Blitz auf einmal erhellte, wir kennten aber alle im Laokoon angewendeten Methoden, ist da Einer so kühn, von sich zu sagen, in diesem Fall hätte er Lessing's Entdeckung auch gemacht?

Hören wir einen Philosophen von seinen eigenen Methoden sprechen, so haben sie großen Werth; hören wir aber andere, so sinken sie sehr in ihrer Bedeutung. Hören wir deshalb nicht Mill über seine vier Methoden, sondern geben wir Whewell darüber das Wort.

„Ueber diese Methoden ist zu bemerken, daß sie offenbar gerade das Ding für zugegeben annehmen, was so sehr schwierig zu entdecken ist, die Zurückführung des Phänomens auf Formeln, wie sie uns hier dargeboten werden. Wenn sich uns eine Reihe von complexen Thatsachen darbietet, wie z. B. in den Fällen von Entdeckungen, welche ich angeführt habe, die Thatsachen der Planetenbahnen, der fallenden Körper, der gebrochenen Lichtstrahlen, der kosmischen Bewegung, der chemischen Analyse; und wenn wir in einigen dieser Fälle das Naturgesetz entdecken wollten, welches sie beherrscht, oder, wenn man es so nennen will, den Charakterzug, in dem alle Fälle übereinstimmen: wo wollen wir dann unsere A, B, C und a, b, c suchen? Ihr sagt, wenn wir die Verbindung von A B C mit a b c und A B D mit a b d finden, so können wir unsere Folgerung machen. Zugegeben; aber wann und wo finden wir diese Verbindungen? Wer will uns sogar jetzt, wo die Entdeckungen bereits gemacht sind, zeigen, welches die ABC- und abc-Elemente der eben angeführten Fälle sind? Wer will uns sagen, welche von den Untersuchungsmethoden durch diese historisch realen und erfolgreichen Untersuchungen erläutert werden? Wer wird diese Formeln durch die Geschichte der Wissenschaften, wie sie in Wirklichkeit aufgewachsen sind, durchführen und uns zeigen, daß diese vier Methoden in deren Heranbildung wirksam waren; oder daß durch eine Beziehung auf diese Formeln auf ihren Fortschritt nur irgend ein Licht geworfen wird?“

Wenn so der größte Kenner der inductiven Wissenschaften von den Methoden spricht, die sich, nach Liebig's Lob derselben zu urtheilen, einen Namen gemacht haben vor allen andern, so mag Macaulay Recht behalten, der alle Regeln verwirft, da sie uns in der That nur sagen, wir sollen thun, was wir Alle schon von selbst thun; und es für unmöglich hält, irgend eine genaue Regel über die Durchführung desjenigen Theils des inductiven Processes aufzustellen, welchen ein großer Experimentalphilosoph auf die eine Weise und eine abergläubische alte Frau auf eine andere Weise vernimmt.

Es bleibt uns jetzt noch der letzte unserer Sätze zu beweisen, daß nicht einmal ein Minimum des Versprochenen erfüllt worden ist. Versprochen waren blendende Inductionen, Erweiterungen der Wissenschaft; wir wollen jetzt zeigen, daß durch Alles, was bisher, auch auf anderem als inductivem Gebiet, in der Methodenlehre geschehen ist, nicht einmal das schon Bekannte schöner geordnet, daß nicht einmal die Deduction eleganter geworden ist.

Wir wählen zu diesem Zweck einen der bekanntesten und wichtigsten Sätze der Geometrie, den pythagoräischen Lehrsatz, zeigen, was man an der bisherigen Art, denselben zu beweisen, auszusetzen hatte, was man that, um diese Mängel zu beseitigen, und prüfen dann, ob durch die neueren Beweise die Mängel wirklich beseitigt worden sind.

Wir verlassen damit den englischen Boden und kommen nach Deutschland. Schopenhauer verwarf zuerst mit Nachdruck die Euklidische Art des Beweises. Man habe dabei fast die unbehagliche Empfindung, wie nach einem Taschenspielerstreich; fast immer komme die Wahrheit durch die Hinter= thür herein, indem sie sich aus irgend einem Nebenumstand ergebe. Oft schließe ein apagogischer Beweis alle Thüren, eine nach der andern, zu und lasse nur die eine offen, in die man nun blos deswegen hinein müsse. Oft würden, wie im pythagoräischen Lehrsatz, Linien gezogen, ohne daß man wisse warum; hinterher zeige es sich, daß es Schlingen waren, die sich unvermerkt zuziehen und den Assensus der Lernenden gefangen nehmen. Diese eigentlich empirische und unwissenschaftliche Erkenntniß gleiche der des Arztes, welcher Krankheit und Mittel dagegen, aber nicht den Zusammenhang beider kenne. Solcher glänzenden Verkehrtheit gegenüber will Schopenhauer am pythagoräischen Lehrsatz zeigen, wie ein Beweis eigentlich sein müsse. Allein sein Versuch gelingt selbst in seinen eigenen Augen nur am gleichschenkligen rechtwinkligen Dreieck; beim ungleichschenkligen werde es, hofft er, später auch gelingen, aber einstweilen, giebt er damit zu, ist es noch nicht gelungen.

Doch die Anregung war gegeben und die bedeutendsten Logiker haben sich seitdem an dieser Aufgabe versucht. Trendelenburg glaubt einen Beweis gefunden zu haben, der das Ideal eines Be= weises verwirkliche. Er sagt (Logische Untersuchungen XVII):

„Wir wollen einen Weg bezeichnen, der ganz durch die Nothwendigkeit des Begriffs geregelt ist . . . . Die Geometrie wird die Construction so zu entwerfen haben, daß das Allgemeine und die specifische Differenz in der Wechselwirkung dargestellt wird . . . . Der Begriff des rechtwinkligen Dreiecks zerlegt sich leicht in sein Allgemeines und in den artbildenden Unterschied. Aus dem All= gemeinen folgen für das rechtwinklige die nothwendigen Eigenschaften jedes Dreiecks. Der Satz, daß in einem Dreieck die Summe der Winkel gleich zwei rechten ist, enthält die Grundbeziehung des Dreiecks überhaupt. Auf diese Eigenschaft der Winkel weist die specifische Differenz: rechtwinklig hin. Werden beide Bestimmungen in Verbindung gesetzt, so folgt, daß in dem rechtwinkligen Dreieck — und nur in diesem — ein Winkel gleich den beiden übrigen ist. Wird nun diese ausschließende Eigenschaft in dem Gemeinbilde des rechtwinkligen Dreiecks dargestellt, wie ja die aus dem Begriff hervorgehende Construction gesucht wird, so ergibt sich nothwendig ein doppelter Fall, indem sich der rechte Winkel in die beiden andern zerlegt; denn die beiden Winkel an der Basis können in dem rechten Winkel eine doppelte Lage haben. Entweder wird der Winkel an der Basis rechts auch die Stelle im rechten Winkel rechts einnehmen, der Winkel links, die Stelle links. Oder die Winkel werden die Stellen vertauschen, und der Winkel an der Basis rechts wird auf die linke Seite und der Winkel an der Basis links auf die rechte Seite der theilenden Linie hinübergeworfen werden. Nur diese beiden Constructionen sind möglich; und gerade sie ergeben sogleich die beiden Hauptsätze vom rechtwinkligen Dreieck. — Im ersten Falle entstehen der Construction gemäß zwei gleichschenklige Dreiecke innerhalb des rechtwinkligen. Der eine der gleichen Schenkel ist beiden Dreiecken gemeinsam. Die drei gleichen Schenkel strahlen also wie Radien von einem Punkte aus. Oder — was dasselbe ist — um jedes rechtwinklige Dreieck legt sich dergestalt ein Halbkreis, daß die Hypotenuse den Durchmesser bildet. — Im zweiten Falle entstehen innerhalb des umschließenden rechtwinkligen Dreiecks Triangel, die unter sich und mit dem umschließenden ähnlich sind, da sich sogleich zwei Winkel in diesen drei Triangeln als gleich darstellen. Daraus folgt vermittelst der Proportionen der pythagoräische Lehrsatz. Man könnte meinen, daß dieser Beweis mit dem sogenannten arithmetischen einer und derselbe sei. Der Unterschied liegt indessen in der Construction. In dem arithmetischen wird nach zufälliger Ansicht ein Perpendikel gefällt; in dem oben versuchten wird das construirt, was im Begriff gefordert und angezeigt ist. Daß jene Linie, die den rechten Winkel in die beiden andern zerlegt, gerade ein Perpendikel ist, folgt erst wie eine nachgeborene Eigenschaft aus der ursprünglichen Construction und geht die Betrachtung gar nichts an. Ehe überall von einem Quadrate der Hypotenuse, der Katheten, die Rede sein kann, muß das bis dahin dunkle Thema von der Multiplication der Linien vorangegangen sein. Der Beweis setzt also nichts voraus, das nicht nach einer genetischen Entwickelung vor dem Lehrsatze feststehen muß. Die Construction war durch nichts Aeußeres bestimmt, sondern lediglich durch die Elemente des Begriffs. Was in der Natur der Sache stillschweigend lag, ist verwirklicht worden.

Das Allgemeine und Besondere (das Generale und Specifische) setzten sich in Wechselwirkung; und dieser Entwurf des Begriffs, in dem das synthetisch Allgemeine hervortrat, offenbarte sogleich die nothwendigen Eigenschaften. Der Ertrag überrascht in dem vorliegenden Falle. Kein Satz spricht so wesentlich die Natur des rechtwinkligen Dreiecks aus, als der Satz, daß sich um jedes rechtwinklige Dreieck ein Halbkreis beschreiben läßt, und der pythagoräische, daß die Summe der Quadrate der beiden Katheten dem Quadrate der Hypotenuse gleich ist. Daraus folgen die übrigen Eigenschaften weiter. Beide Sätze gehören zu den fruchtbarsten der ganzen Geometrie. Sie springen hier aus der einfachen Construction des im Begriffe Gegebenen wie mit einem Schlage hervor. Wenn nun in dem vorgeschlagenen Verfahren alles von der Nothwendigkeit des Begriffs bestimmt wird, so ist damit die zufällige Ansicht überflüssig geworden. Es ist im Einzelnen erreicht, was im Allgemeinen gefordert werden mußte, aber unerreichbar schien."

Ist hier wirklich der Zufall gebannt? Waltet hier nirgends die zufällige Ansicht? Ist Trendelenburg der Auflösung, die nur den in der Aufgabe schon liegenden Begriffen als Wegweiser folgt und nur verlangt, daß man diese Begriffe so, wie es ihnen angemessen ist, entwickelt, näher gekommen als Herbart, der dasselbe Ziel an demselben Lehrsatz verfolgte, aber, daran verzweifelnd, es in elementarer Geometrie erreichen zu können, seinen Beweis vermittelst Differentialen führte, und doch, nach Trendelenburg's Dafürhalten, selbst so es nicht erreichte? Ist Trendelenburg glücklicher gewesen? Nein. Sein Beweis beruht ebenfalls auf einer zufälligen Ansicht. Statt des glücklichen Griffs der gewöhnlichen Beweise, aus der Spitze des rechten Winkels ein Perpendikel auf die Grundlinie zu fällen, ist nur ein anderer glücklicher Griff gethan worden; der rechte Winkel ist in die beiden andern Winkel des Dreiecks zerlegt worden. Während früher Alles auf dem hineingezeichneten Perpendikel beruhte, das die Figur vermehrte, beruht jetzt Alles auf dieser andern hineingezeichneten Hülfslinie, welche die Figur ebenso vermehrt. Allerdings ist im rechtwinkligen Dreieck, und nur in diesem, ein Winkel gleich der Summe der beiden andern; aber daraus ergibt sich noch keine Aufforderung, den größeren Winkel in die beiden kleineren zu zerlegen. Es ist ein recht glücklicher Einfall, aber nicht mehr. Er liegt nicht näher, als der andere, ein Perpendikel zu fällen; ja es möchte Manchem scheinen, daß dieser letztere näher liegt. Doch die Zerlegung sei geschehen, und der Winkel an der Basis rechts nehme zufällig auch im rechten Winkel die Stelle rechts ein. Folgt daraus der pythagoräische Lehrsatz? Nein. Zwar ein anderer, nicht minder fruchtbarer, aber doch nicht dieser. Man läßt deshalb die kleinen Winkel ihre Stelle im großen wechseln, so daß der Winkel an der Basis links auf die rechte Seite der theilenden Linie hinübergeworfen wird. Jetzt kommt man allerdings auf den gesuchten Beweis; aber warum ist man auf diese zweite Art der Theilung nicht gleich gekommen? Man hat doch erst einen Fehlversuch gemacht.

Lange sagt, man findet noch immer die schönsten Sachen, wenn man den Stein der Weisen sucht, und Liebig nimmt die Meinung in Schutz, daß die Arbeit Alles mache und daß jede Theorie zu Entdeckungen führe, vorausgesetzt, daß sie zur Arbeit antreibe. Das hat sich hier glänzend bewährt. Gesucht wurde der Beweis für den pythagoräischen Lehrsatz und gefunden wurde der Beweis für den

Satz, daß um jedes rechtwinklige Dreieck sich dergestalt ein Halbkreis legt, daß die Hypotenuse den Durchmesser bildet. Man könnte vielleicht sagen, Trendelenburg habe nicht nur nach dem Beweis für den pythagoräischen Lehrsatz gesucht, sondern sich seine Aufgabe weiter gesteckt und Alles ableiten wollen, was aus dem Begriff des rechtwinkligen Dreiecks folge. Aber dadurch würde man die Schwierigkeit nur erhöhen. Statt der Aufgabe, einen Satz zu beweisen, würde man die Aufgabe stellen, Alles zu finden, was aus einem Satze folgt. Wo hört das aber auf? In der Mathematik folgt ja doch Alles aus ganz wenigen Sätzen; die Aufgabe wäre fast gleichbedeutend mit der Aufgabe die Mathematik zu entwickeln. Kuno Fischer sagt allerdings in seinem Buch über Spinoza (S. 273): „Es gibt in der Mathematik nur Axiome und Consequenzen; und die Methode besteht darin, die Consequenzen zu finden, oder Alles, was aus dem Grundsatz folgt, wirklich zu folgern." Aber das heißt doch wohl die Aufgabe der Mathematik mit ihrer Methode verwechseln. Bleiben wir deshalb bei der bescheideneren Aufgabe, einen bestimmten Satz zu beweisen. Trendelenburg hat nur deshalb sich mit dieser Aufgabe nicht begnügt, weil sonst die Willkür seiner Hülfslinien an den Tag gekommen wäre. Die Zerlegung des rechten Winkels kann auf eine doppelte Weise geschehen. Soll alle Willkür ausgeschlossen sein, so muß etwas in dem Satz drängen, nicht nur den Winkel überhaupt zu zerlegen, sondern ihn auch gleich in der rechten Weise zu zerlegen. Da sich dies aber in keiner Weise darthun ließ, so stellte sich Trendelenburg die Aufgabe so, daß auch die andere Zerlegung mit eingeschlossen ist.

Es versteht sich von selbst, daß damit nicht eine absichtliche Verdunkelung der Schwierigkeiten gemeint ist. Trendelenburg wurde offenbar selbst getäuscht durch den Umstand, daß beide Lagen seiner Hülfslinie etwas beweisen. Möglich wäre es ja auch gewesen, daß die eine nichts bewiese, und dann wäre gewiß Trendelenburg selbst inne geworden, daß auch seine Hülfslinie eine zufällige Ansicht ausdrückt, und daß er weit entfernt geblieben ist von dem Ideal, das Euklid in einigen Sätzen wirklich erreicht hat. Daß das Parallelogramm von der Diagonale in zwei gleiche Dreiecke getheilt wird, wird ohne jede Hülfslinie durch die ausschließende Eigenschaft der Parallellinien und die schneidende Diagonale bewiesen. Wir erkennen an, daß in solchen Vorbildern der Antrieb zu einer höheren logischen Vollendung des Systems liegt; aber wir sehen nicht, daß Trendelenburg zu dieser Vollendung etwas beigetragen hat.

Mit mehr Erfolg hat sich Lotze an einer ganz ähnlichen Aufgabe versucht. Lotze erkennt ausdrücklich an, daß keine logische Regel möglich sei, nach welcher die Lösung einer Aufgabe, ohne auf die freie Mitwirkung des individuellen Scharfsinns zu rechnen, in allen Fällen mit Sicherheit gefunden werden könnte, daß der Scharfblick, welcher unter den Erklärungsgründen den passendsten herausfindet, und die vielleicht nöthigen Umformungen übersieht, durch welche das Gegebene ihm untergeordnet werden kann, in weitem Umfang Sache des angeborenen Talentes und nicht einmal unabhängig von der augenblicklichen Stimmung sei; aber auch er meint doch, es müsse möglich sein, wenigstens eine solche Anleitung zu gewinnen, durch welche man von gänzlich richtungslosem Tasten abgehalten und einigermaßen auf den Weg hingewiesen werde, auf welchem man freilich den Beweisgrund immer noch zu suchen habe.

Hier ist schon viel weniger gefordert, als bei Trendelenburg. Von Verbannung des Zufalls ist keine Rede mehr; das angeborene Talent, ja sogar die augenblickliche Stimmung kommen wieder zu ihrem Recht. Aber wenn auch nur auf den Weg hingewiesen werden soll, so muß doch in diesem Hinweis, da der Weg sehr lang sein kann, etwas liegen, welches auch da noch das Feld, auf dem gesucht werden soll, so weit wenigstens begränzt, daß das Finden eine gewisse Wahrscheinlichkeit gewinnt. Dieser Hinweis liegt nach Lotze in dem Verhältniß, das in jedem wahren Satz zwischen

Subject und Prädicat besteht. Jeder wahre Satz müsse nämlich zu einem identischen werden, sobald man sein Subject und Prädicat durch alle blos mitgedachten aber unausgesprochenen Nebenbestimmungen ergänzt und vervollständigt denke. Daß unsere Urtheile etwas ganz anders meinen, als sie ausdrücken, und daß sie, wenn man hervorhebt, was sie meinen, zu so identischen Urtheilen werden, wie sie der Satz der Identität verlangt, führt Lotze an vielen Beispielen aus, namentlich auch an zwei durch Kant berühmt gewordenen Sätzen, und zeigt, daß auch diese, welche Kant als Beispiele synthetischer Sätze anführt, nur der Form nach synthetisch, dem Inhalt nach aber völlig identisch sind. In diesem Umstand nun, daß jeder wahre Satz ein identischer Satz sei, findet Lotze die Unterstützung der Beweisführung und Erfindung. Sehen wir an dem ersten und leichtesten Beispiel, welches er gibt, welche Hülfe sein Mittel gewährt. Er sagt (Logik S. 286):

„Es möge zuerst der gegebene Satz T, der Winkel im Halbkreis sei ein rechter, zu beweisen sein. Zergliedern wir das Subject, so finden wir, daß unter dem fraglichen Winkel ein solcher zu verstehen ist, dessen Schenkel von den Endpunkten a und b einer Graden ab ausgehen und sich irgendwo auf der Peripherie eines Kreises schneiden, der über ab als Durchmesser beschrieben ist. Damit nun dem zweiten Theil der Definition, welche die Lage des Durchschnittspunktes e bestimmt, genügt werde, muß die Entfernung des e von dem Halbirungspunkt c der Graden ab gleich der Hälfte ac oder cb dieser Graden sein. Diese aus der Definition des Subjects fließende Forderung führt unmittelbar auf die einzige kleine Hülfsconstruction, deren wir bedürfen: diese Linie ec müssen wir ziehen, um für unsere Anschauung deutlich die Verhältnisse hervortreten zu lassen, auf denen die Nothwendigkeit des gegebenen Satzes T beruht. Haben wir nun ec gezogen, so ist durch sie das vorige Dreieck aeb in die beiden gleichschenkligen aec und acb, der Winkel bei e aber in die beiden α und β getheilt; aus der Gleichschenkligkeit der beiden Dreiecke folgt und folgt zugleich Nichts anders, als daß $< eac = \alpha$ und $< ebc = \beta$; daraus aber, wie beide Dreiecke das Dreieck aeb zusammensetzen, indem ec ihnen gemeinsam ist, ac und cb aber in dieselbe Grade fallen, folgt weiter, daß die vier Winkel α, α, β, β zusammen gleich der Winkelsumme des Dreiecks aeb sind. Man hat also $2 (\alpha + \beta) = 2$ R., und da $\alpha + \beta$ eben der gesuchte Winkel im Halbkreis ist, diesen selbst gleich einem Rechten. Nicht immer wird eine so leichte Zergliederung des Subjectes hinreichen, wie in diesem einfachsten Falle.“

Hier ist die Hülfslinie, welche gezogen wird, der Radius ce; und Lotze meint, diese einzige kleine Hülfsconstruction flösse aus der Definition des Subjectes. Allein das Subject heißt nur „der Winkel im Halbkreis,“ und darin liegt keine Forderung, einen bestimmten Radius zu ziehen. Zwar ist der Radius von allen Hülfslinien im Halbkreis die nächstliegende, und auch der Punkt der Peripherie, nach welchem er gezogen werden soll, ist nahe genug gelegt; aber wenn nun einer, der nach dem Beweis suchte, doch nicht auf diese Hülfslinie fiele, könnte man ihm daraus den Vorwurf machen, er habe das Subject nicht genug zergliedert? Nein. Man mag von ihm verlangen, daß er eine so leichte Hülfsconstruction findet, aber die Zergliederung des Subjectes hat nicht darauf geführt.

Die Rolle, welche die Phantasie in der Mathematik spielt, ist größer als man gewöhnlich denkt. Liebig erzählt (in seiner Rede über Induction und Deduction), als er sich mit einem der berühmtesten französischen Mathematiker über den Antheil unterhalten habe, welchen die Einbildungskraft an den wissenschaftlichen Arbeiten hat, habe dieser die Ansicht geäußert, daß bei weitem die Mehrzahl der mathematischen Wahrheiten nicht durch Deduction, sondern durch die Einbildungskraft oder auf empirischem Wege erworben worden sei, und habe hierzu selbst die Eigenschaften der Dreiecke, der Ellipse ꝛc. gerechnet. Dies will aber, fährt Liebig fort, nichts anderes heißen, als daß der Mathematiker so wenig als der Naturforscher ohne künstlerische Begabung für seine Wissenschaft etwas leisten kann. Wie wenig aber die Einbildungskraft selbst in der Mathematik geleitet werden kann, hat das Vorhergehende gezeigt. Wenn nicht einmal zu verlangen ist, daß Beweise sicher gefunden werden, so müssen alle Versuche, die Phantasie zu leiten, das Flügelpferd einzuspannen, als gescheitert angesehen werden. Zwar folgt auch die Phantasie einem Zwang; Goethe dichtete, weil er durch eine innere Nothwendigkeit getrieben wurde, wie der Seidenwurm spinnt, „wenn er sich gleich dem Tode näher spinnt;“ allein dieser Zwang ist gänzlich verschieden vom bewußten logischen Zwang. Die Unterscheidung zwischen „bewußt“ und „unbewußt“ hat sich in Schopenhauer und von Hartmann als außerordentlich fruchtbar erwiesen, und viele Schwierigkeiten, welche die englischen Philosophen verwirrten, wären weit eher durch diesen Gegensatz als durch den von „inductiv“ und „deductiv“ zu lösen gewesen. Der Zwang der Phantasie gehört in das Reich des Unbewußten, und Inductionen gehören unter Phantasie. Sie zwingen; darin haben Baco und Mill, Whewell und Apelt Recht; aber dieser Zwang läßt sich nicht nachweisen; hier liegt der Fehler jener Philosophen. Sie zwingen; aber sie zwingen nur den Einzelnen, der sie auch nicht macht, sondern indem sie sich machen. Wenn ich mir eine Sache nur in einer Art vorstellen kann, so ist das für mich allerdings ein nothwendiger Grund, sie so und nicht anders vorzustellen, aber nicht für einen Andern. Von diesem Gesichtspunkte aus läßt sich Goethe’s Wort erklären: „Induction habe ich mir nie selbst erlaubt; wollte sie ein Andrer gegen mich gebrauchen, so wußte ich solche sogleich abzulehnen.“ *)

Im Zwang für den Einzelnen unterscheiden sich falsche Inductionen von richtigen nicht. Kepler hat 19 Hypothesen durchprobirt, ehe er bei der zwanzigsten stehen blieb. Nur die letzte ist richtig; aber die andern hatten sich ihm anfangs mit gleicher Macht aufgedrängt, sonst hätte er nicht so viel Mühe und Zeit auf sie verwandt. Die neunzehn waren ebenso gut Inductionen wie die zwanzigste. Diese letzte allein Induction zu nennen, die andern alle aber willkürliche Hypothesen, ist selbst eine Willkür, die durch nichts in Kepler’s ausführlicher Darstellung seiner Irrfahrten gerechtfertigt wird, und die leider sehr viel dazu beigetragen hat, die Theorie der Induction zu verdunkeln. Was hätte wohl Goethe erwidert, wenn ihm gesagt worden wäre, seine Farbenlehre sei eine willkürliche Hypothese? Die Heftigkeit seiner Ausfälle auf Newton, den er für einen Charlatan hält, zeigt unzweideutig, daß sie für ihn eine psychologische Nothwendigkeit war. Wie belehrend! Die richtige Ansicht war schon da, und doch verwirft sie Goethe, ein Mann, der nach Tyndall’s Ausspruch, wenn er seine Kraft auf das Studium der Naturwissenschaften concentrirt hätte, als Naturforscher das geworden wäre, was er als Dichter ist. Das ist der Zwang der Induction! Aber so mächtig er für den Einzelnen ist, er bleibt auf den Einzelnen beschränkt, er ist subjectiv, und wird nicht objectiv.

Wie allmählich sich das Bewußtsein von dem Unterschied zwischen diesen beiden Arten des Zwangs entwickelt hat, läßt sich an der logischen Terminologie nachweisen. Dasselbe Wort „Syllogismus“, das heute allgemein als der Gegensatz gegen Induction gilt, heißt bei Plato (Theaet. 186. D.) noch aus mehreren Daten gleichsam zusammenrechnend das Resultat ziehen und zwar vorwiegend aus dem Besonderen das Allgemeine ermitteln; und Aristoteles begreift unter Syllogismus sowohl den Schluß aus dem Allgemeinen auf das Besondere, als den Schluß vom Besondern auf das Allgemeine, und die Worte τρόπον τινὰ ἀντίκειται ἡ ἐπαγωγὴ τῷ συλλογισμῷ („in gewisser Weise ist die Induction dem Syllogismus entgegengesetzt“ Anal. pri. II, 23) betonen den Gegensatz nur schwach. Auch die Worte ἅπαντα πιστεύομεν ἢ διὰ συλλογισμοῖ ἢ ἐξ ἐπαγωγῆς („Alles glauben wir entweder durch den Syllogismus oder aus Induction“) gebrauchen einen Ausdruck „glauben“, der das Logische vom Psychologischen noch nicht trennt. Gehen wir dann zur Definition von Syllo-

---

*) Einzelne Betrachtungen und Aphorismen.

gismus: συλλογισμὸς δέ ἐστι λόγος, ἐν ᾧ τεθέντων τινων ἕτερον τι τῶν κειμένων ἐξ ἀνάγκης συμβαίνει τῷ ταῦτα εἶναι (Anal. pri. I, 1. „Syllogismus ist ein Satz, bei welchem, wenn Etwas gesetzt ist, etwas Anderes von dem Gesetzten Verschiedenes mit Nothwendigkeit folgt daraus, daß Jenes Gesetzte ist“): so sehen wir, daß das Wort „Nothwendigkeit“ hier nur dann die logische Nothwendigkeit allein bedeuten könnte, wenn die angeführten Worte die Definition des Syllogismus im engeren Sinn, welcher der Induction gegenübersteht, wären. Das sind sie aber nicht, sondern sie begreifen auch die Induction unter sich. Nach der Definition des Aristoteles folgt auch aus den Prämissen des inductiven Schlusses Etwas mit Nothwendigkeit. Diese Nothwendigkeit kann die logische nicht sein, denn der Schluß von den Folgen auf den Grund hat keine logische Nothwendigkeit. Es ist also zwischen der Nothwendigkeit, daß Etwas gedacht werden muß, und der Nothwendigkeit, daß wir Etwas nicht anders denken können, was vielleicht spätere Generationen sich anders denken müssen, zwischen logischer und psychologischer, oder objectiver und subjectiver Nothwendigkeit selbst von dem Vater der Syllogistik noch nicht unterschieden worden. Dieser Unterschied hat sich erst später all= mählich entwickelt und wird selbst heute noch oft übersehen.

Von hier aus wird erklärlich, wie Mill und Apelt, die sich sonst in ihren Ansichten immer feindlich gegenüberstehen, doch darin sich begegnen, daß sie die Nothwendigkeit, welche nur eine Noth= wendigkeit für uns, aber nicht eine Nothwendigkeit für Alle, welche nur eine Nothwendigkeit für jetzt, aber nicht eine Nothwendigkeit für immer ist, so stark betonen, daß es dem Einen schwer, dem Andern unmöglich wird, Hypothesen in der Induction zuzulassen.

Wenn der Einzelne damit zufrieden ist, seine Ansichten für sich zu behalten, so wird er jenen Unterschied kaum gewahr; so bald er aber Andere zu seiner Ansicht herüberziehen will, bemerkt er, daß er das, was sich ihm so unwiderstehlich aufdrängt, Anderen nicht aufdrängen kann. Dann fängt er an, nach einem allgemeinen Zwangsmittel zu suchen, und findet dieses nur in der logischen Form. Da kommt die Deduction zu Ehren und mit ihr der Syllogismus. Viele Philosophen haben zwar behauptet, die Deduction zu ehren und nur den Syllogismus zu verachten, und deswegen trägt auch diese Abhandlung nicht den Titel, den man vielleicht erwartet hätte, „Deduction und Induction,“ sondern den andern, „Syllogismus· und Induction“; aber diese Unterscheidung zwischen Deduction und Syllogismus ist durchaus hinfällig. Wer eine Deduction bis in ihre Elemente prüfen will, löst sie in Syllogismen auf. Es mag selten vorkommen; aber es muß möglich sein. Wir unter= suchen auch nicht alles Fleisch, ehe wir es essen, mikroskopisch, oder alles Trinkwasser, ehe wir es genießen, chemisch, obgleich wir wissen, daß schwere, selbst tödtliche Krankheiten aus solchem Unterlassen schon entstanden sind. Aber wir verachten deshalb nicht Mikroskop oder Chemie; wir freuen uns, daß wir sie haben, und wenden uns an sie, wenn etwas unsern Verdacht erregt. So ist es auch mit dem Syllogismus. Wir lösen nicht jede Deduction in Syllogismen auf; aber eine solche Auf= lösung muß möglich sein, und sie wird nothwendig, sobald ein Fehler vermuthet wird.

Eine Induction wird geprüft durch Deduction, und eine Deduction wird geprüft durch Auf= lösung in Syllogismen. Die Deduction ist die Controle der Induction, und der Syllogismus ist die Controle der Deduction. So ist Schließen die Controle des Schließens. Aber diese Controle kannte schon das Alterthum und das Mittelalter. Woher nun der starke, immer wiederkehrende, an Heftigkeit zunehmende Sturm auf den Syllogismus, wenn dieser doch nur eine Controle der Controle der gefeierten Induction ist? Daher, daß man ein viel einfacheres, sichereres und bequemeres Mittel für denselben Zweck entdeckt zu haben glaubte und für viele Fälle auch wirklich entdeckt hatte, das ist die Controle des Schließens durch die Erfahrung. Daß diese jeder andern weit vorzuziehen sei, ist richtig, und unsere scharfsinnigsten Denker haben es anerkannt. Lessing prüft im Laokoon seine

„trockene Schlußkette an der Praxis des Homer." Wo man so glücklich ist, das Schließen an der Erfahrung prüfen zu können, wird Jeder es thun; auch wird er dadurch gegen keinen Satz der syllogistischen Theorie verstoßen. Schopenhauer, der sich um dieselbe so verdient gemacht hat, als nach Aristoteles dies überhaupt noch Jemand kann, betont schärfer als selbst die englischen Philosophen die Nothwendigkeit, überall, wo es möglich ist, auf die unmittelbare Anschauung zurückzugehen; nur diese leuchte mit eigenem Licht, alle Ableitung durch Schlüsse dagegen nur mit fremdem. Selbst der Mathematik will er die logische Nothwendigkeit nehmen, um sie durch die Quelle aller Evidenz, die Anschauung, zu ersetzen; sie soll die Krücken wegwerfen und auf ihren Beinen gehen. Aber so allgemein auch anerkannt wird, daß die Controle des Schließens durch die Erfahrung den Vorzug habe vor jeder anderen, so ist sie doch nur in gewissen Wissenschaften anwendbar. Man mag diese Wissenschaften dafür beneiden, aber es ist unrecht, andere zu verachten, weil sie sich jenes herrlichen Mittels nicht auch bedienen können.

Als mit dem Beginn der neueren Zeit die Naturwissenschaften auf einmal aufblühten, als Erfindung an Erfindung, Entdeckung an Entdeckung sich reihte, war man über den Kontrast gegen den Stillstand im Mittelalter mit Recht in hohem Grad erstaunt.

Man suchte nach dem Grund, und es ist verzeihlich, daß man zunächst auf einen falschen verfiel. Deshalb sei das Mittelalter nicht vom Platz gekommen, weil es sich nur der Deduction, oder, wie man sich lieber ausdrückte, des Syllogismus bedient habe. Deshalb gehe die neue Zeit mit Riesenschritten vorwärts, weil sie das Schließen der Vergangenheit über Bord geworfen und durch die Induction, das Schließen der Zukunft, ersetzt habe.

Der Grund ist falsch. Deshalb sieht die neuere Zeit größere Fortschritte als das Mittelalter und als das Alterthum seit Sokrates, weil andere Wissenschaften blühen, Wissenschaften, in denen das Schließen durch die Erfahrung geprüft werden kann. Wo dies nicht geschehen kann, bleiben die interessantesten Fragen ebenso unbeantwortet wie früher. Woher kommt es, daß keine christliche Nation, welche die Grundsätze der Reformation nicht vor dem Ende des 16. Jahrhunderts annahm, sie jemals angenommen hat; daß katholische Gemeinschaften seit jener Zeit ungläubig geworden und wieder katholisch geworden sind; daß aber keine protestantisch geworden ist?

Diese Frage warf Macaulay im Jahre 1840 auf,*) und sie ist wahrscheinlich schon lange vor ihm aufgeworfen worden. Ist sie heute beantwortet? Oder ist irgend eine Wahrscheinlichkeit, daß sie bald beantwortet werden wird?

„Wäre nur Jemand bei mir gegenwärtig", sagt Baco,**) „der auf die Fragen über die Vorgänge der Natur antwortete, so würden die Ursachen der Dinge in wenig Jahren entdeckt und alle Wissenschaften zu Stande gebracht sein." Gewiß; verlangen wir doch von intelligenten Kindern im Spiel, daß sie durch Fragen, auf welche ihnen nur ja oder nein geantwortet wird, recht schwere Dinge herausbringen. Die Kunst der Fragestellung macht dabei etwas aus und so in der Wissenschaft die Kunst des Experimentirens. Aber die Hauptsache ist doch dort der Umstand, daß überhaupt geantwort wird, und hier, daß ein Experiment überhaupt möglich ist. In vielen Wissenschaften aber sind Experimente unmöglich. Deshalb haben diese mit den Naturwissenschaften nicht gleichen Schritt gehalten. Aber daraus folgt nicht, daß in ihrer Methode ein Fehler liege. Und doch ist dies Baco's Schluß. In ihm ist er noch begreiflich. Die aufgehende Sonne der neuen Zeit blendete die Augen jener ganzen Generation. Aber daß er heute noch nachgesprochen wird, daß heute noch Männer der

---

*) Macaulay: Papstthum.
**) Novum Organon. 112.

Wissenschaft unter der Herrschaft solcher Schlagworte stehen, wie „Logik der Vergangenheit" und „Logik der Zukunft", das ist schwer zu verstehen, und beweist, wie zähe eine einmal eingeschlagene Richtung beibehalten wird.

Aber in etwas noch Schlimmerem, als falscher Beurtheilung wissenschaftlicher Mittel, herrscht Baco's Geist fort; das ist die falsche Beurtheilung wissenschaftlicher Zwecke. Er rühmt sich, daß seine Philosophie eine Philosophie der Frucht und des Nutzens sei; und ein so großer Geschichtsschreiber wie Macaulay, der die Stellung Baco's zur Induktion viel richtiger beurtheilt als irgend einer seiner Landsleute, rühmt es ihm nach und findet seine ganze Bedeutung darin, daß er ermahnt habe praktische Ziele zu verfolgen.

Zwar ist dem englischen Meister des Worts von einem deutschen Meister des Worts treffend erwidert worden: „So lange sich das Bedürfniß zu wissen in unserm Innern regt, so lange müssen wir, um dieses Bedürfniß zu stillen, in dieser rein praktischen Absicht, nach Erkenntniß in allen Dingen streben, auch in solchen, deren Erklärung nichts beiträgt zur äußeren Wohlfahrt, die keinen andern Nutzen stiftet, als die geistige Klarheit, die sie zurückläßt." *) Aber wenn einem Macaulay dergleichen erst gesagt werden muß, wie mag es mit Andern stehen? Wie viele mögen mit Heine denken, daß auf die metaphysischen Fragen, über welche so viele Häupter gegrübelt „Häupter in Hieroglyphenmützen, Häupter in Turban und schwarzem Barett", nur ein „Narr" noch Antwort erwartet.

Wir machen Baco für diese Richtung nicht verantwortlich. Er hat sie nur zuerst beredt ausgesprochen; aber sie ist viel zu allgemein und tief, als daß sie auf einen Einzelnen dürfte zurückgeführt werden. Zweimal in geschichtlicher Zeit hat sich der Strom der öffentlichen Aufmerksamkeit gewendet: das erste Mal in Sokrates von praktischen Zwecken und naturwissenschaftlichen Studien zu ethischen und metaphysischen Fragen, das zweite Mal am Ende des Mittelalters von ethischen, metaphysischen und theologischen Fragen zurück zu naturwissenschaftlichen Studien und praktischen Zwecken. Ueber Fragen, welche anderthalbtausend Jahre beschäftigt hatten, kehrte man zurück zu Fragen des Demokrit. Jedes Mal, wenn der Umschlag erfolgte, wurde die vorhergehende Richtung selbst von den größten und edelsten Geistern mit Ungerechtigkeit beurtheilt. Was Plato nachgesehen werden muß, darf Baco nicht nachgetragen werden.

Im Mittelalter wurde die Alchemie, welche nach Liebig nie etwas anderes gewesen ist, als die Chemie, **) mit Verachtung behandelt. In der neueren Zeit absorbirt Physik und Chemie die allgemeine Aufmerksamkeit, und man scheint geneigt, philosophischen Bestrebungen den Rang anzuweisen, den im Mittelalter die Chemie jener Zeiten einnahm. Mag man aber das Fragen nach Dingen, die „kein Auge geseh'n und kein Ohr je gehört", die also auch nie Experimente zulassen, gegenwärtig beurtheilen, wie man will, so hat doch die Gesammtheit der Zeiten und Nationen ein unzweideutiges Urtheil über den Werth solcher Studien gefällt, indem sie nur Vertretern dieser Richtung die ehrenvollste aller Auszeichnungen, den Beinamen des Weisen, verliehen hat.

------

*) Kuno Fischer's Baco. S. 367.
**) Lange, Geschichte das Materialismus. S. 340.
